어쩌면 글을
잘 쓰게 될지도 몰라

RIP THE PAGE!: ADVENTURES IN CREATIVE WRITING by Karen Benke
© 2010 by Karen Benke

Korean translation copyright © Nexus Co., Ltd.
Published by arrangement with Shambhala Publications, Inc., Boulder
through Sibylle Books Literary Agency, Seoul

이 책의 한국어판 저작권은 시빌 에이전시를 통한
Shambhala Publications, Inc., Boulder와 독점 계약한 (주) 넥서스에 있습니다.
저작권 법에 의해 한국 내에서 보호를 받는 저작물이므로 무단 전재와 복제를 금합니다.

어쩌면 글을 잘 쓰게 될지도 몰라

지은이 캐런 벤크
편역자 황경신
펴낸이 임상진
펴낸곳 큐리어스

초판 1쇄 발행 2015년 11월 5일
초판 3쇄 발행 2016년 11월 10일

2판 1쇄 발행 2020년 11월 6일
2판 2쇄 발행 2020년 11월 12일

출판신고 1992년 4월 3일 제311-2002-2호
주소 10880 경기도 파주시 지목로 5
전화 (02)330-5500 팩스 (02)330-5555

ISBN 979-11-90927-97-0 13800

www.nexusbook.com

어쩌면 ··¶
글을·잘·쓰게 ¶
될지도·몰라

캐런 벤크 지음 | 황경신 편역

하루 5분,
70가지 방법으로 달라지는
나만의 글쓰기

Qrious

차례

Try 11-20

Try 21-30

나쁜 소식이 있습니다.

이 책 안에 글쓰기의 요령 같은 건 없습니다. (만약 글을 잘 쓰는 '요령'이 있다면 말이죠.) 처음부터 끝까지, 한 글자도 놓치지 않고 꼼꼼히 읽는다 해도, 막혔던 글이 술술 풀리거나 수려한 문장이 줄줄 흘러나오는 일은 결코 일어나지 않습니다. 이 책은 심지어 아직 완성되지도 않았습니다. 그저 반쪽짜리 책일 뿐이지요. 그렇다면 도대체 이걸로 뭘 하라는 걸까요?

이제 좋은 소식을 알려드리겠습니다.

이 책은 당신의 밥입니다. 킁킁 냄새를 맡고, 홀짝홀짝 핥아보고, 하나하나 뜯어서 요리조리 살펴보고, 냠냠 맛있게 먹고, 완전히 소화를 시키세요. 비어 있는 공간에 마음껏 낙서를 하고, 바보 같은 생각을 새겨 넣으세요. 마지막 페이지를 꿀꺽 삼키고 나면, '어쩌면 나도 글을 잘 쓰게 될지도 몰라' 정도가 아니라 '이 세상에 나처럼 글을 쓰는 사람은 아무도 없어'라는 자신감이 당신을 껴안을 것입니다. 상상력은 하늘 끝까지 뻗어가고('하늘 끝'이라니, 이런 표현은 진부하잖아, 난 더 멋지게 쓸 수 있어, 하고 생각하게 될 거예요), 글을 쓰는 일이 두근두근 즐거워질 것입니다. 특별하고 기묘하고 놀랍고 아름다운 생각과 이야기들로 가득 찬, 당신만의 세계로 들어갈 날이(그러니까 이 책이 완성될 그날이), 70일 앞으로 다가왔습니다.

자, 그렇게 물끄러미 바라보고만 있을 때가 아닙니다. 겁을 먹을 일도 아니고요. 얼른, 당장, 급히, 시작하세요. 이제 당신의 차례입니다.

황경신

"상상력을 위한 맛있는 단어"
우리 주변에 존재하는
모든 소재들
#

● 본문의 각주는 해당 예문의 글쓴이를 표기한 것입니다.

‹ *Try*
1-10 ›

"무한한 상상력과 창의력,
빙글빙글 도는 행성,
누군가를 용서하는 마음…"

무엇으로든 끼워 넣고 쓰고
이어나가는 시간

이런 것들로
글을 써보세요

연필, 펜, 물감, 분필, 크레파스 같은 건 잊어버리세요. 오늘은 뭔가 다른 것으로 글을 써보도록 해요. 당신의 손가락 사이에 필기구 대신 다른 것을 끼워 넣는 거예요. 이를테면 기억 같은 것, 무한한 상상력과 창의력, 빙글빙글 도는 행성, 누군가를 용서하는 마음, 나무나 한 줄기 햇살… 이 모든 것으로 당신은 글을 쓸 수 있어요. 엄청나게 많은 가능성들이 소용돌이치면서 무한히 뻗어가는 것이죠.

예를 들면, 나는 이런 것으로 글을 쓸 수 있습니다.

• 나는 시들어가는 장미와 그 곁을 맴돌고 있는 꿀벌 한 마리로
  글을 쓸 수 있습니다.

- 나는 고담시에 사는 고독한 배트맨의 망토로 글을 쓸 수 있습니다.
- 나는 지구를 중심으로 돌고 있는 달의 뒷면으로
  글을 쓸 수 있습니다.
- 나는 잃어버린 기린으로 글을 쓸 수 있습니다.

당신은 또 무엇으로 글을 쓸 수 있을까요?

나는＿＿＿＿＿＿＿＿＿＿＿＿＿＿＿＿＿＿＿＿로
글을 쓸 수 있습니다.

나는＿＿＿＿＿＿＿＿＿＿＿＿＿＿＿＿＿＿＿＿로
글을 쓸 수 있습니다.

나는＿＿＿＿＿＿＿＿＿＿＿＿＿＿＿＿＿＿＿＿로
글을 쓸 수 있습니다.

나는＿＿＿＿＿＿＿＿＿＿＿＿＿＿＿＿＿＿＿＿로
글을 쓸 수 있습니다.

나는＿＿＿＿＿＿＿＿＿＿＿＿＿＿＿＿＿＿＿＿로
글을 쓸 수 있습니다.

좋아하는 단어를
모아보세요

작가의 상상력은 항상 단어에 굶주려 있습니다. 창조적인 에너지를 지키려면, 밤낮으로 상상력을 먹여 살려야 합니다. 여기 상상력을 위한 맛있는 단어들이 있습니다. 하나하나 맛을 보세요. 당신의 상상력이 배고프다고 투덜거릴 때마다 이 페이지를 펼쳐보세요. 오른쪽의 리스트에서 지금 당신에게 맛있게 느껴지는 단어는 무엇인가요? 각 단어의 맛을 음미하면서 체크해보세요. 그리고 당신이 좋아하는 단어들을 나열한 리스트도 만들어보세요.

밀수	담쟁이덩굴	괴물
횡단	주전자	헛소리
와인글라스	다람쥐	머리핀
태클	초원	거품
선인장	매듭	회오리
소용돌이	기념품	따옴표
겨울잠	지퍼	지네
수요일	두루마리	올챙이
빙하	소식	저글링
눈사태	파고들다	복도
샌드위치	사랑	주황색
로켓	당황하다	탐정
두근거리다	담그다	물방울
스노클링	마법사	묘지
외발자전거	매미	얼룩지다
소프라노	옮기다	물음표

작가의 상상력은 항상 단어에 굶주려 있습니다.
창조적인 에너지를 지키려면,
밤낮으로 상상력을 먹여 살려야 합니다.

"상상력을 위한 맛있는 단어"

말이 되지 않는 질문을
만들어보세요

당신이 지금까지 한 번도 들여다보지 않았던 마음이 당신 안에 있을지도 몰라요. 새로운 질문들이 그 마음을 꺼내어 보여줄지도 몰라요. 질문을 읽고 어떻게 대답할까 생각하는 것만으로, 당신의 꿈은 깊어지고, 사고는 넓어지고, 상상은 자유로워지고, 하고 싶은 일들이 잔뜩 생길 수도 있어요.

지금까지와는 조금 다른 방식으로 생각해보세요. 진실도 좋고 거짓도 좋아요. 길어도, 짧아도 좋아요. 단숨에 써내려가도 좋고 오래 생각해도 좋아요. 쉬운 문제도 있고 어려운 문제도 있을 거예요. 가까운 곳에서 시작해 먼 곳까지 가보세요. 잘못된 길은 없어요. 지도가 없는 미지의 세계를 향해, 한 걸음에 한 가지 이야기를 담고 걸어가요. 어떤 질문이든 만들어보세요.

질문에 대한 나만의 답을
찾아보세요

다음의 질문 중 하나에 대해 대답해보세요. 당신의 대답은 모두 정답입니다. 맞춤법이나 글씨는 신경 쓰지 마세요. 대답을 의문형으로 해보는 것도 재미있지 않을까요?

- 당신의 마음을 땅에 심으면 무엇이 자랄까요?
- 당신이 물구나무를 서고 있다면, 어느 쪽으로 기울어질까요? 어떤 방식으로 넘어질까요? 그때 당신 곁에는 누가 있을까요?
- 당신은 뭔가를 세고 있어요. 무엇일까요? 셀 수 없는 것은 또 무엇일까요?
- 당신의 가장 평화로운 시간은 어떻게 찾아냈나요?
- 당신에게 행운을 가져다주는 부적은 언제 찾아냈나요?

- 당신을 항상 놀라게 하는 사람은 누구인가요? 마음 깊이 사랑하는 사람은 누구인가요? 가장 두려운 사람은 누구인가요?

- 당신은 하늘을 날고 있어요. 무엇이 보이나요? 당신의 날개는 어떻게 생겼나요?

- 혼자만 간직하고 있는 기억 중 가장 좋아하는 기억은 어떤 건가요? 그 기억은 앞으로 어떻게 될까요?

- 당신이 다치지 않는다는 가정 하에, 한 번쯤 경험해보고 싶은 자연재해가 있나요?

- 당신은 누군가에게 소원을 빌고 있어요. 그는 누구인가요?

횡단보도의 노란색 선, 검은 고양이의 노란 눈동자,
노란색 비옷을 입은 남자, 산책하는 노란 강아지,
노란색 안내판, 울타리를 따라 줄지어 서 있는 해바라기…

세상의 모든 노란색을 찾아보세요.

오늘의 '그 무엇'은 노란색이지만,

내일의 '그 무엇'은
세계평화가 될지도 모르죠.

세상의 모든 노란색을
찾아보세요

한 소년이 엄마와 함께 거리를 걷고 있습니다. 학교에서 나와 가게와 도서관을 들러 집으로 돌아가는 길입니다. 소년은 문득 노란색 차가 한 대도 보이지 않는다는 사실을 깨닫습니다.

"지금부터 노란색을 찾아볼래요."

소년이 말합니다. 그러자 갑자기 소년의 눈에 노란색이 보이기 시작합니다. 횡단보도의 노란색 선, 검은 고양이의 노란 눈동자, 노란색 비옷을 입은 남자, 산책하는 노란 강아지, 노란색 안내판, 울타리를 따라 줄지어 서 있는 해바라기… 그리고 마침내 노란색 차들이 나타납니다. 노란 트럭과 노란 버스와 노란 자전거도 있네요.

당신이 무언가에 관심을 가지면, 당신은 그 무언가를 창조해 낼 수 있습니다. 오늘의 '그 무엇'은 노란색이지만, 내일의 '그 무엇'은 세계평화가 될지도 모르죠.

책에서 고개를 들고 눈에 보이는 세상의 모든 노란색을 찾아 보세요.

좋은 소식과 나쁜 소식이 있습니다.

좋은 소식부터 알려드릴게요.

첫째, 글을 쓰는 사람은 모두 작가입니다.

둘째, 살아가다 보면 속상한 일들이 생기게 마련이죠.

이런 일들은 글의 소재가 될 수 있습니다.

셋째, 그러니까 상처받는 것을 두려워하지 마세요.

넷째, 맞춤법을 잘 몰라도 좋은 글을 쓸 수 있습니다.

다섯째, 책을 많이 읽지 않아도 좋은 글을 쓸 수 있습니다.

이제 나쁜 소식입니다. 작가가 되려면, 글을 써야 합니다.

책상 앞에 앉아 똑같은 문장을 수백 번씩 다시 쓰지

않아도 저절로 책이 만들어지는 마법의 세계에서

살 수 있다면 정말 좋을 텐데요. 하지만 저는 다른 모든

작가들과 마찬가지로 여기 지구에서 살면서, 제대로 된

문장을 만들기 위해 쓰고, 쓰고, 또 쓰고 있답니다.

— 애니 버로우(동화작가)

보고 싶지만
볼 수 없는 것에 대해 써보세요

보고 싶지만 볼 수 없는 것이 있나요? 공중에서 묘기를 부리는 비행기라거나 아름다운 춤을 추는 나비들, 북극의 오로라, 또는 소꿉친구… 그런 것들요.

다음 페이지에 몇 가지를 써보세요. 그리고 그중 하나를 나중에라도 보게 된다면, 어디에서 보았는지에 대해 써보세요. 아직 보지 못한 것을 보기 위해 어떻게 할 건지에 대해서도 써보세요.

감사의 편지를
써보세요

멋지고 화려하고 새롭고 최신형이고 비싸고 빠르고 다양한 기능을 갖춘 무언가를 가질 수 없다고 불평해본 적 있나요? 원하는 것을 가질 수 없다고 불평하다 보면 점점 불행해지죠. 이런 기분을 한 번에 전환할 수 있는 방법이 있습니다. 원하는 것들에 대한 욕망에는 정지 버튼을 누르고, 감사하는 마음의 스위치를 켜는 거예요. 우리가 이미 가지고 있는 좋은 것들, 하지만 잊고 있었던 것들을 떠올려보는 거죠. 이를테면 우리에게는 연필과 포크를 쥘 수 있고 가려운 곳을 긁을 수도 있는 손가락이 있잖아요. 매일매일 발전해가는 타고난 상상력도 있죠. 뛰는 심장과 사계절, 단풍나무와 한 잔의 물도 빼먹지 마세요. 이런 방식으로 생각하기 시작하면, 당신을 위한 특별한 선물들이 눈사태처럼 쏟아져 내리고 있다는 걸 깨닫게 된답니다. 이건 정말 멋진 비밀이에요. 우리를 진정으로 행복하게, 흡족하게, 충만하게 해주는 유일한 것이 감사하는 마음이라는 것 말이에요.

고마운 대상에게 편지를 써보세요. 이를테면 저 하늘에 떠 있는 별은 왜 고마운가요?

지극히 과학적이고 명료하게
하나의 실체로서 나에게 들리는 이 소리가
당신에게 들리지 않아서.
언제부터 당신을 좋아하게 되었느냐 물을 때마다
나는 그 대답을 피하는 것이다.

'글쎄. 그해 한여름이었나?'
정도의 얼버무림으로.

누구에게도
하지 않은 이야기를 해보세요

누구에게도 하지 않은 이야기는 누구에게나 있습니다. 봉인되어 있던 그 이야기들을 찾아내어 자유롭게 써보세요. 누구에게도 말하지 않은 것, 그리고 당신이 하지 않았지만 (만약 그런 일을 했다면) 말할 수 없을 것 같은 것들에 대해 써보세요. 이건 정말 지워버리고 싶다고 생각되는 것들을 쓰세요. 아래의 예문을 읽고, 당신만의 이야기를 떠올려보세요. 그리고 안심하고 쓰세요. 이 글은 누구도 볼 수 없을 테니까요.

사실 나는 지구가 공전하는 소리를 들을 수 있다. 귀를 기울이면 지구가 우주를 여행하는 소리가 들린다. 이 얼마나 코페르니쿠스적인 이야기인가. 그 소리는 계절이 바뀔 때 가장 크게 들린다. 여름의 하늘이 우주의 파편으로 사라지며 차르랑거리는 소리나, 새벽노을처럼 짧은 순간에 나뭇잎 한 장 한 장이 물드는 소리가 들린다. 바람이 별빛을 흔드는 소리, 늦은 밤공기의 온도가 낮아지는 소리나, 흙 속에서 씨앗이 싹트는 소리가 들린다. 그래서 하나의 계절이 사라지고, 다시 새로운 계절이 오는 시간이면 나는 좀처럼 잠들 수가 없다. 냉장고가 돌아가거나 시계의 초침이 움직일 때보다 더 큰 소리가 쿠쿠쿵 하고 가슴을 두드리기 때문이다. 어린 시절에는 그 소리가 무엇인지 알지 못했고, 철이 들 무렵 다른 사람에게는 들리지 않는 소리라는 것을 알았다. 단 한 번, 계절이 바뀌지 않을 때 그 소리를 들은 적이 있다. 지구가 태양의 질량으로 일그러진 공간 속으로 끊임없이 떨어지듯이, 나의 마음이 당신의 마음으로 다가설 때였다. 마음의 질량이 만들어내는 중력이 서로의 공간을 왜곡하는 소리가 들렸다. 그래서 나는 대답할 수가 없다. 지극히 과학적이고 명료하게 하나의 실체로서 나에게 들리는 이 소리가 당신에게 들리지 않아서. 언제부터 당신을 좋아하게 되었느냐 물을 때마다 나는 그 대답을 피하는 것이다. '글쎄, 그해 한여름이었나?' 정도의 얼버무림으로.

진실과 거짓을
섞어보세요

진실한 거짓말과 거짓된 진실을 으깨서 하나의 글에 섞어 넣어보세요. 진실과 거짓은 구분이 가능한가요? 이 세상엔 '내가 진실이라고 믿는 진실'과 '내가 거짓이라고 믿는 거짓'만이 존재하는 것은 아닐까요?

의도적인
반복을 사용해보세요

장미는 장미고 장미고 장미고 장미다.

미국의 시인이자 소설가였던 거트루드 스타인의 문장이에요.

글을 쓴다는 것은 쓴다는 것이고 쓴다는 것이고 쓴다는 것이고 쓴
다는 것이고 쓴다는 것이고 쓴다는 것이고 쓴다는 것이다.

역시 그녀가 쓴 글입니다. 반복되는 단어들은 귀를 기울이게
하죠. 부탁이야, 부탁한다니까, 제발 부탁해, 부우우우우탁! 아
직 멀었어? 아직? 아직아직 멀었어? 이런 식으로 말이죠. 매일
하나의 질문을 품고 반복해서 물어보세요. 반복의 힘을 느껴

장미는
장미고 장미고
장미고 장미다.

보세요. 당신이 쓴 글 하나를 꺼내어 그 단어를 집어넣을 수 있는 곳을 열두 군데쯤 찾아보세요. '유명한'이라는 단어를 열두 번 넣어 시를 쓴 폴 후버라는 사람도 있습니다. 제목까지 치면 열세 번이죠.

12, 105 혹은 3,700,000 같은 숫자들. 갈색, 회색, 반짝이는 은색, 깜박이는 오렌지색 같은 색깔. 빛나는, 유명한, 뒤틀린, 은밀한 같은 형용사 등은 반복해서 사용하기 좋은 단어들입니다. '가지 마', '나를 봐', '이리 와'처럼 두 단어로 이루어진 문장도 반복하면 힘이 생깁니다. 반복을 이용하여 문장을 만들어보세요.

우리는 세상에 존재하는 모든 것을 인지할 수 있습니다.

둥지를 짓기 위해 흰털발제비가 나뭇가지와

지푸라기를 모아 나를 때면, 반짝이는 금속 조각,

초록색 실, 파란색 테이프 같은 것들이 떨어집니다.

나는 이런 조각들을 집어 들고 물어봅니다.

도대체 어디에서 온 거지?

우리 안에는 반짝반짝 빛날 순간을 기다리는

수많은 조각들이 가득합니다. 우리를 둘러싸고 있는

세계는 매력적인 조각들의 연결로 가득 차 있습니다.

글을 쓴다는 것은 그런 조각들이

빛날 수 있는 자리를 만드는 것입니다.

문장은 그런 세계로 들어갈 수 있는 티켓입니다.

당신의 글을 사랑한다면, 당신의 인생은

정말 멋진 것이 될 거예요.

— 나오미 쉬합 나이(시인, 소설가)

"숨겨진 이야기"
당신의 목소리가
울려 퍼지도록
#

Try

< ***11-20*** >

천천히 자라나지, 원자에 의한 원자로,
의문의 주위를 둘러싸고 있는
구불구불한 선을 깎아내어

문장부호의 '시작'에 대해
생각해보세요

'시작'을 생각해본 적이 있나요?

이를테면 7이라는 숫자는 언제 어떻게 생겨났을까요? '그'는, 혹은 '그녀'는 어디에서 왔을까요? 꼬불꼬불한 문장 부호는 어떻게 만들어졌을까요? 휴식을 취하고 있는 마침표, 앙큼한 쉼표, 흥분한 느낌표, 왠지 피곤해 보이는 물음표… 이런 것들은 도대체 어디에서 어떻게 태어났을까요?

시인 마우리아 사이먼은 『문장부호에 대한 간략한 역사』라는 시집에서 물음표의 탄생에 대해 "천천히 자라나지, 원자에 의한 원자로, 의문의 주위를 둘러싸고 있는 구불구불한 선을 깎아내어"라고 묘사하고 있습니다.

당신이 좋아하는 숫자나 문장부호가 어디에서 어떻게 만들어졌는지에 대해 문장이나 스토리를 만들어낼 수 있나요? 그런 것들은 대체 어디에서 솟아올라왔을까요? 문장부호들의 '시작'에 대해 글을 써보세요.

그들은

어디에 숨어 있었고
어디에서 날아다녔고
어디에서 모래성을 쌓았을까요?

좋아하는 단어에
숨겨진 이야기를 찾아보세요

좋아하는 단어를 쓰고 그것을 가만히 바라보세요.

그들은 어떻게 생겼나요? 이런 모습을 하기 전에 그들은 무엇이고 누구였을까요? 그들은 어디에 숨어 있었고 어디에서 날아다녔고 어디에서 모래성을 쌓았을까요? 더 넓은 바다와 더 푸른 하늘을 보기 위해, 더 넓은 세상으로 나오기 위해, 그들이 끙끙거리며 산에 오르는 모습을 상상해보세요. 당신이 좋아하는 단어를 바라보며 떠오르는 모든 이야기들을 써보세요.

쉬운 단어들을
수집해보세요

삶에 대한 이야기가 너무 무거워질 때는 쉬운 단어들이 도움이 됩니다. 혀에 착착 달라붙고 귀에 쏙쏙 들어오는 단어들이 텅 빈 페이지를 채워주지요. 다음 중 눈에 띄는 단어에 동그라미를 치세요. 왜 하필 그 단어를 선택했는지 고민할 필요는 없답니다. 그저 하나를 고르기만 하면 돼요.

그리고 당신이 좋아하는 쉬운 단어를 한곳에 모아두세요. 그런 식으로 쉬운 단어들이 잔뜩 들어 있는 주머니를 만드는 거예요. 주머니 속에 얼마나 많은 단어들을 눌러 담을 수 있을까요? '구름' 또는 '바람' 같은 단어를 넣어 글을 써보세요. 구름이 흘러가고 바람이 불어오는 것을 보고 느끼며, 당신의 목소리가 울려 퍼지도록 해보세요.

물고기	삶	여우
손	비밀	돌다
사랑	부엉이	서두르다
불	보석	시간
모래	신발	손가락
사과	목욕	책
눈	구멍	키스
노래	하늘	모자
비	지구	한숨
나무	잎	유리
과자	밤	듣다
칼	고요	눈
문	곰	마음
강	공기	구름
안개	잔디	반지
뿌리	거품	잠

자주 사용하는 단어들을
모아보세요

당신이 평소에 자주 사용하는 단어의 리스트를 만들어보세요. 더 이상 떠오르지 않는다면 가장 친한 친구에게 물어봐도 좋아요. 나도 미처 알아차리지 못했던 나에 대한 것들을 그 친구는 말해줄 수 있을지도 몰라요. 그리고 그 단어들을 이용하여 문장을 만들어보세요.

직유법과 은유법을
사용해보세요

직유법은 한 사물을 '같이', '처럼', '듯이'와 같은 연결어를 이용하여 다른 사물에 비유하는 것입니다. 작가들은, 특히 시인들은 두 가지 사물을 연결하는 직유법을 즐겨 사용합니다. 상상력을 자극하고, 두 가지 사물을 동시에 보고 느낄 수 있도록 하기 위해서죠. 직유법을 사용하면 글과 말이 재미있어집니다. 상상력이 엉뚱할수록 더 재미있죠.

- 기억은 거대한 물음표같이 휘어져서 텅 빈 망각을 만들어낸다.
- 그의 목소리는 깊은 숲에서 불어오는 바람처럼 서늘하다.
- 그녀의 걸음걸이는 달의 표면을 걷는 듯 가볍고 또 위태로웠다.

그의 목소리는 ──
깊은 숲에서 불어오는 바람처럼 서늘하다

은유법 역시 비유법 중 하나입니다. 이것은 저것과 '같다'고 하지 않고 이것은 저것'이다'라고 표현합니다. 은유법은 한 사물이 지니고 있는 특성을 다른 사물로 옮깁니다.

- 내 마음은 호수요 그대 노 저어 오오.
- 사랑은 두뇌의 가장 고귀한 죄다.
- 그의 귀는 바람의 속삭임을 모아들이는 깔때기다.

직유법과 은유법을 이용하여 각각 다섯 개의 문장을 만들어보세요. 엉뚱한 상상력을 마음껏 펼쳐보세요.

네 살짜리 아기들은 너무 귀찮지 않아요?

천 개 하고도 열한 개의 질문을 해대잖아요.

하늘은 왜 파래? 바람은 어디에서 와?

만약에 눈이 달린 감자가 있다면,

땅속에서 기어다니는 지렁이를 볼 수 있을까?

할아버지가 방귀를 뀌었는데 왜 강아지 탓을 했어?

네 살짜리 아기들은 다른 사람들을 신경 쓰지 않죠.

발가벗고 뛰어다니기도 한다니까요.

당신이 네 살이었을 때를 기억하세요?

당신 안에 있는 '예술적 자아'는 지금도 창의적인 글을

쓸 수 있을 만큼 어린가요? 아니면 다른 사람들의 눈치를

보고 있나요? 네 살짜리 아이들이 그러하듯,

남들이 뭐라고 하든 신경 쓰지 마세요.

세상을 향해 마음을 활짝 열어보세요.

— C. M. 마요(시인, 소설가)

자신의 몸을
관찰해보세요

몸의 특정 부위를 사물에 비유해서 써보세요. 그 부위들은 어떻게 보이나요? 그리고 어떻게 보였으면 하나요? 눈으로 확인할 수 없는 몸의 부위들도 있어요. 당신의 상상력, 심장의 박동, 목소리, 핏줄, 태반, 숨결, 허파, 다리, 마음, 그리고 영혼에 대해 글을 쓸 수도 있답니다.

어울리지 않는 것들로
문장을 만들어보세요

종이 한 장을 반으로 접어서 두 면으로 나눠주세요. 먼저 오른쪽 면에 이 책 안에 적혀 있는 모든 단어 중에 마음에 드는 단어 열 개를 골라 차례로 쓰세요. 각 단어 앞에 떠오르는 형용사를 붙여도 좋습니다. 그리고 왼쪽 면에는 다음 열 가지 사항을 쓰세요.

1. 마음

2. 상상력

3. 과거, 현재, 미래 중 하나

4. 감정의 상태 (ex. 기쁨, 슬픔, 놀라움)

5. 날씨 (ex. 소나기, 부드러운 햇살)

6. 좋아하는 소리 (ex. 소복소복 눈이 내리는 소리)

7. 좋아하는 음식 (ex. 스파게티)

8. 당신이 태어난 달 또는 계절 (ex. 십일 월, 봄)

9. 좋아하는 요일 (ex. 수요일)

10. 좋아하는 색깔 (ex. 흰색, 보라색)

이제 종이의 제일 위쪽에 '나의 인생은'이라고 주어를 써넣습니다. 그리고 왼쪽과 오른쪽에 있는 단어들을 무작위로 끼워 넣어 문장을 만듭니다. 필요하면 '의' 또는 '도' 같은 조사를 끼워 넣으세요.

- 나의 인생은 마음의 소나기다.
- 나의 인생은 키스의 십일월이다.
- 나의 인생은 비밀의 수요일이다.

어울리지 않는 것들끼리 모여 완성된 문장이 당신의 상상력을 자극해줄 거예요.

나의 인생은 _____

나의 인생은

1. 마음

2. 상상력

3. 과거, 현재, 미래

4. 감정의 상태

5. 날씨

6. 좋아하는 소리

7. 좋아하는 음식

8. 당신이 태어난 달 또는 계절

9. 좋아하는 요일

10. 좋아하는 색깔

이 책 안에서 마음에 드는 단어 열 개를 고르세요

1.

2.

3.

4.

5.

6.

7.

8.

9.

10.

하나의 문장으로 이야기를
만들어보세요

이 책을 이리저리 넘겨보며 마음에 드는 문장 하나를 고르세요. 그 문장에서 출발하여 짧은 이야기를 만들어보세요. 오랫동안 고민하지 마세요. 순간적으로 떠오르는 상상력을 붙잡으세요.

모든 것을 이해해주던
존재를 떠올려보세요

모든 것을 이해해주던 존재가 곁에 있었던 적이 있나요? 말없이 모든 것을 들어주던 인형이나 무슨 일이 있어도 곁을 지켜주던 동물처럼요. 하늘이나 바람일 수도 있겠죠. 다음 글을 읽으며 그 존재를 떠올려보세요. 그리고 써보세요.

아직 추위가 말끔히 사라지기 전인 봄이었다. 어미를 잃어버리고 목 놓아 울고 있던 아이였다고 했다. 그냥 한 번 보러 가보자는 회사 동료의 말에 아무 생각 없이 따라갔다가 품에 안고 돌아오게 되었다. 내가 한 생명을 책임질 수 있을까, 앞으로 같이 살 날이 까마득했지만 눈빛을 본 순간 거부할 수 없는 운명이 나를 휘감았다. 까만 털옷을 입은, 배가 하얀 턱시도 고양이. 봄에 만났으니, 일본

까만 털옷을 입은, 배가 하얀 턱시도 고양이

어로 '하루(봄이라는 뜻)'라고 이름을 지어주었다.

퇴근 후 현관에 들어서기만 하면 귀엽고 자그마한 이 존재가 견고한 이 세계의 공기를 툭툭 깨버리고 말랑말랑한 숨결을 불어넣었다. 그리움이 차올라 나도 모르게 눈물을 흘리고 있는 날에는 하루가 다가와 할짝할짝 핥아주었다. 이 조그마한 고양이의 몸 안에서 쉼 없이 뛰는 심장 박동이 내 몸을 타고 찌르르 올라오는 걸 느낄 때면 더없이 먹먹한 감동을 느꼈다. 알지 못하는 사이에 우리는 서로를 해치지 않는, 모든 걸 맡겨도 되는 사이란 걸 눈빛만으로 깨우쳤으므로. 살아가는 데 중요한 건 백 마디 말보다 마음으로 알 수 있는 것. 예민하게 날이 서 있던 나도 그런 하루 곁에서는 안심하고 귀를 뉘인 채 잠을 청할 수 있었다.²

사랑했던 동물에 대한 기억을
떠올려보세요

자신을 이해하는 건 동물밖에 없다고 생각해본 적이 있나요? 몇 살 때였죠? 어디에서 살고 있었나요? 그의 이름은 무엇이었나요? 둘이서 뭘 하고 놀았나요? 다른 사람에게 하지 않았던, 그에게만 했던 이야기가 있었나요? 그는 바닥에서 잤나요? 아니면 당신과 같이 침대에 들어갔나요? 당신의 음식을 몰래 줘본 적이 있나요? 함께 쏘다니던 곳은 어딘가요? 당신이 집으로 돌아오면 어떻게 반겨주었나요? 어떤 모습을 하고 있었나요? 제일 좋아하던 장난감은 무엇이었나요?

이 질문들에 대한 답을 떠올려보세요. 이 중 한두 가지를 골라 뭔가를 써보는 것도 좋겠죠. 당신의 기억은 당신을 어디로 데려갈까요?

'유명한' 작가들의 공통점 중 하나는,

지구상의 사람들은 모두 다르다는 걸 알고 있다는

것입니다. 사람들은 저마다 다른 방식으로 세상을 보고,

다른 냄새를 맡고, 특정한 음식을 좋아하거나 싫어하고,

어떤 음악을 즐겨 듣거나 듣지 않지요.

당신은 당신입니다.

당신 같은 사람은 이 세상에 또 없어요.

당신을 써보세요. 세상이 당신을 주목하도록 해보세요.

당신이 세상을 보는 방식으로 세상이 세상을 보도록

해보세요. 그러면 모든 것이 새롭고 흥미진진할 거예요.

주위를 한번 둘러보세요. 그저 보기만 하면 안 돼요.

벽을 만져보고, 꽃의 향기를 맡아보고,

누군가가 만들어주는 저녁을 먹어보고,

새로운 장르의 음악을, 혹은 차들의 소음을 들어보세요.

그리고 써보세요. 그것이 당신의 목소리랍니다.

목소리를 내보세요.

— 모이라 에간(시인)

"세상에 없던 새로운 표현"
우리 모두에게는
아이디어가 있죠

#

Try
< ***21-30*** >

크림처럼 예쁘다

해 질 무렵이 되었을 때 날은 얼음장처럼 추웠다

깃털처럼 가볍다

눈처럼 차갑다

불처럼 뜨겁다

클리셰를 부숴보세요

클리셰는 판에 박은 듯한 문구 또는 진부한 표현을 가리키는 문학 용어로, 우리가 항상 보고 듣고 만지고 맛보고 느끼는 단어들로 무언가를 표현하는 것을 이르는 말입니다. 한때는 재미있고 신선했지만 너무 많이 쓰이다 보니 이제는 식상하게 들리고, 상상력도 자극하지 못하게 되었지요. 생기를 잃어버린 직유법은 당신의 글을 밋밋하고 지루하게 만듭니다. 예를 들어 '해 질 무렵이 되었을 때 날은 얼음장처럼 추웠다' 같은 문장을 보면 하품이 절로 나오지요. (당연히 나와야 합니다!) 그게 클리셰가 하는 짓이랍니다. 클리셰가 나오면 누군가는 한눈을 팔고, 누군가는 지겨워하고, 누군가는 라디오를 켜고, 누군가는 볼륨을 높입니다.

클리셰를 새로운 표현으로 바꿔봅시다. 상상력을 동원하여 다음의 빈 칸을 채워보세요. 신선한 문장이 완성될 때까지 적당한 단어를 찾고 또 찾아보세요.

눈처럼 차갑다.　　⇨　＿＿＿＿＿＿의 경계선처럼 차갑다.

불처럼 뜨겁다.　　⇨　＿＿＿＿＿＿의 처음처럼 뜨겁다.

깃털처럼 가볍다.　⇨　＿＿＿＿＿＿의 속살처럼 가볍다.

그림처럼 예쁘다.　⇨　＿＿＿＿＿＿의 목소리처럼 예쁘다.

(새는 안 돼요!)

천둥의 질긴 파열음,
잘 익은 속삭임, 썩은 비명소리…

다섯 가지 감각을
조합해보세요

후각, 미각, 촉각을 표현하는 단어들에 소리와 어조를 표현하는 단어들을 섞어보세요. 상상력의 엉킨 부분을 풀고 뻣뻣한 부분을 부드럽게 만들 수 있답니다. 천둥의 질긴 파열음, 잘 익은 속삭임, 썩은 비명소리… 등등 재미있는 조합이 가능하지요. 다음 페이지의 단어들을 다섯 가지 감각이 섞이도록 조합하여 세상에 없던 새로운 표현으로 만들어보세요.

후각

달콤하다	퀴퀴하다	향기롭다
썩다	향긋하다	신선하다
비린내	톡 쏘다	싸하다
매콤하다	매혹적이다	느글느글하다
나무 향기	상하다	메케하다
악취	케케묵다	상큼하다

촉각

시원하다	차다	젖다
폭신하다	부드럽다	울퉁불퉁하다
흐물흐물하다	질기다	거칠다
뜨겁다	탄력 있다	부드럽다
바삭하다	솜털 같다	따뜻하다
미끄럽다	거칠다	건조하다
곱다	깔깔하다	꺼끌꺼끌하다

축축하다   관능적이다   끈적하다

비단결 같다   북실거리다   뾰족하다

날카롭다   딱딱하다   뽀드득거리다

청각

한숨 짓다   속삭이다   바스락

으르렁거리다   우당탕퉁탕   찰싹

부딪치다   쿵   빵야

박살내다   쨍그랑   고함을 지르다

짖다   쩌렁쩌렁   푸념하다

짤랑거리다   고요하다   와자지껄

중얼거리다   윙윙거리다   철컹

두드리다   후두두, 후드득   와르르

쉿소리   우르르, 우르릉

포효하다   딸랑딸랑

묵묵하다   쉿

미각

기름지다	무르익다	쓰다
달콤쌉싸름하다	짜릿하다	달다
바삭바삭하다	타다	시다
농익다	짜다	맵다
느끼하다	담백하다	말랑말랑하다
달콤하다	날것의	사각사각하다

어조

더듬거리다	키득거리다	노래하다
꽥꽥거리다	울부짖다	중얼거리다
소곤거리다	수다스럽다	느릿느릿 말하다
웅얼거리다	웃음을 터뜨리다	환호성 지르다
코웃음을 치다	재잘거리다	단호하다
칭얼거리다	진술하다	속삭이다

누군가를 처음 만났을 때를
기억해보세요

지금 알고 있는 사람들을 처음 만났을 때를 떠올려보세요. 첫인상이 강렬했던 사람, 왠지 기분 좋은 기억을 준 사람, 어떤 일로 다퉜지만 이젠 좋은 친구가 된 사람… 지금 당신이 떠올린 사람은 누구인가요? 그를 처음 만났을 때 어떤 사건이 일어났나요? 다음 글을 읽으며 당신의 경험을 떠올려보세요.

덜컥, 그가 문을 열고 차에 탔습니다.

"미안합니다. 우산을 털 겨를이 없었어요."

그가 멋쩍은 표정을 지었습니다. 괜찮다는 대답이나 찾아오기 어렵지 않았냐는 질문이 이어지고 잠시 대화가 끊어지고 말았습니다. 괜찮습니다. 그는 친구에게 소개받은 광고 기획자로, 우리는 일을 위해 만난 거니까요. 다행이지요. 선을 보거나, 데이트할 때 이런 침묵은 어색하잖아요?

"뭐 먹으면서 얘기해야죠?"

반가운 질문입니다. 온종일 에어컨 바람에 시달렸던 터라 조금 따뜻한 것이 좋겠다는 나의 이야기에 그가 제안한 메뉴는 추어탕이었습니다. 추어탕은 한 번도 먹어본 적이 없습니다. 기다란 몸통을 뚝뚝 끊어 먹어야 하는 것은 아닐지 걱정됩니다.

"괜찮아요. 보통은 갈아서 만드니까요."

그는 차분한 목소리로 안심시키며 방향을 가리킵니다. 두세 블록 정도 떨어진 곳에 추어탕 집이 있었습니다. 따뜻한 국물이 넘어가며 몸속에서 세포들이 제자리를 찾아 돌아갑니다. 그날 그가 건넨 이야기는 처음 맛보는 따뜻한 국물에 섞여 마음에 스며들었습니다. 팥빙수를 먹으며 이야기했더라면 꽁꽁 얼어 가라앉아 다시는 떠오르지 못했을 새로운 아이디어가 나타났습니다. 결국 소주도 한 병 시켰습니다. 밤이 깊어질 때까지 이야기 나누었던 '추어탕 회의'는 그 이후 광고를 만들거나 짧은 광고 카피를 작성하는 시간에 자주 떠올리는 장면이 되었지요. 지금도 누군가 기운이 쭉 빠지는 값싼 충고의 말을 던지거나, 쉽게 생각했던 일이 잘 풀리지 않을 때면 추어탕을 먹으러 갑니다. 갑자기 전화를 걸어 앞뒤 없이 이렇게 말하면, 그는 단번에 알아차립니다. 뭔가 고민이 있다는 것을 말이지요.

"선배, 오늘 추어탕에 소주 한잔해요."

대충 건너뛰어도 척척 알아듣는 친구,
이야기가 뒤죽박죽이어도 타박하지 않는
친구에게 말하듯…

친구에게
말하듯 글을 써보세요

대충 건너뛰어도 척척 알아듣는 친구, 이야기가 뒤죽박죽이어도 타박하지 않는 친구에게 말하듯, 글을 써보세요. 당신이 어떻게 얘기해도 친구는 귀를 기울여줄 거예요. 긴 문장을 쓰려고 하지 말고, 짧게 끊어서 써보세요. 글이 완성되면 한 번 읽어보고, 친구에게 보여주세요.

• your turn •

의성어를 잔뜩
넣어보세요

사람이나 사물이 내는 소리를 흉내 낸 말을 의성어라고 하지요. 소리를 모아보세요. 우선 마음에 드는 장소 한 곳을 고릅니다. 뒷마당, 열대우림, 바닷가, 롤러코스터, 공항, 기차역, 불꽃놀이가 한창인 공원, 다이빙대, 또는 쓰레기장도 좋아요. 당신이 있는 그곳에서 어떤 소리가 들리나요?

차가운 물로 가득 찬 수영장은 '부르르르', 그 물속으로 뛰어들 때의 느낌은 '첨벙! 헉! 앗 차가워!', 시원한 수박 한 조각을 맛볼 때는 '냠냠'.

묘사 대신 의성어를 잔뜩 넣어 문장을 만들어보세요.

우리 모두에게는 아이디어가 있죠.

문제는 그 아이디어로 무엇을 하는가, 입니다.

록 뮤지션인 제 아들들은 그걸로 음악을 만들죠.

여동생은 시를 쓰는 데, 남동생은 과학을 탐구하는 데

아이디어를 사용합니다. 당신의 아이디어로

당신은 무엇을 할 수 있을까요?

독서는 글쓰기의 열쇠입니다.

더 많이 읽을수록 더 잘 쓸 수 있습니다.

세계를 듣고 관찰하세요. 왜 그런 일이 벌어지는지

이해하려고 노력하세요. 다른 사람이 주는 대답에

만족하지 마세요. 모든 이들이 믿는 것,

이건 옳고 저건 틀리다고 말하는 것을 믿지 마세요.

당신의 힘으로 대답을 찾아보세요. 당신이 믿는 것에 대한

근거를 밝혀보세요. 당신이 느끼는 것을 솔직하게 쓰고,

피할 수 없는 비판으로부터 교훈을 얻으세요.

— 애비(시인)

세상에 없던 의성어를
만들어보세요

글로 표현하기 힘든 소리도 있죠. 나무가 자라는 소리라거나 강아지가 꿈을 꾸는 소리 같은 것. 나에게만 들리는 세상의 숨겨진 소리, 나에게는 조금 다르게 느껴지는 소리에 귀 기울여보세요. 그리고 어떤 소리를 표현하는 단어가 필요한데 마땅한 단어를 찾을 수 없다면, 새로운 의성어를 만들어보세요.

정말 쓰고 싶지 않지만_____

쓰고 싶지 않은 이야기에 대해
써보세요

말하고 싶지 않았던 것, 나라면 결코 쓰지 않을 이야기…. 그것
들에 대해 써보세요. 내 글과 생각을 묶고 있던 금기를 한번쯤
풀어주는 건 어떨까요? 모든 문장을 '정말 쓰고 싶지 않지만'
으로 시작할 수도 있습니다. 다음 글은 누군가의 쓰고 싶지 않
은 이야기입니다.

휴대전화 속 세상이 시끄럽다. 한 사람이 뭇매를 맞고 있다. 내가
아는 저 사람은 그럴 사람이 아닌데, 무슨 일인가 연유를 찾아 헤
맨다. 여러 사람들이 하나같이 그 사람을 향해 손가락질하며 욕을
한다. 가만히 있는 나에게도 재촉한다. 몹쓸 사람 아니냐고. 하고
싶은 말도 할 수 있는 말도 없어 그냥 있었더니 너도 같은 사람이

냐고, 그렇지 않으면 너의 입장을 판단해보라고 한다. 아무 입장이 없는 건 잘못이라고 한다. 와글와글 저마다 손가락으로 분노를 토해낸다. 지금껏 당해왔던 억울한 일들이 쏟아진다. 저 사람의 잘못이라기엔 세상은 폭발할 듯 불쾌가 쌓여 있다. 결국 그는 두 손을 들고 이 모든 일이 자신에게서 비롯되어 죄송하다며 휴대전화를 한동안 멀리 하기로 한다. 그가 사라지자 그제야 사람들은 차분해진다. 그러나 끝날 때까지 끝난 게 아니다. 다음 먹잇감을 찾느라 눈길은 분주하다.

화면에서 눈을 뗀다. 지하철 안 사람들은 입을 닫고 몸을 맡겼을 뿐이다.

말하고 싶지 않았던 것.
나라면 결코 쓰지 않을 이야기….

화내고 불평하는
글을 써보세요

당신을 화나게 하고, 짜증나게 하고, 좌절하게 하고, 슬프게 하고, 소리를 지르게 하는 것은 무엇인가요? 말하고 싶지 않은 것들을 쏟아내어보세요. 당신이 거부하는 것과 경멸하는 것도. 짜증내고 불평해보세요. 무례하고 굴고, 시끄럽게 떠들고, 외로움을 느껴보세요.

나무들은 왜
뿌리의 찬란함을 숨기지?

누가 도둑질하는 자동차의
후회를 들을까?

빗속에 서 있는 기차처럼 슬픈 게
이 세상에 또 있을까?

왜 목요일은 금요일
다음에 오지 않을까?

파블로 네루다라고 불리는 것보다
더 어리석은 일이 인생에 있을까?

답이 없는 질문들을
만들어보세요

『질문의 책』은 칠레의 시인 파블로 네루다가 말년에 쓴 책입니다. 네루다는 짧은 시의 형식을 빌려 74개의 답이 없는 질문들을 던졌습니다. 예를 들면 다음과 같은 질문입니다.

- 나무들은 왜 뿌리의 찬란함을 숨기지?
- 누가 도둑질하는 자동차의 후회를 들을까?
- 빗속에 서 있는 기차처럼 슬픈 게 이 세상에 또 있을까?
- 왜 목요일은 금요일 다음에 오지 않을까?
- 파블로 네루다라고 불리는 것보다 더 어리석은 일이
  인생에 있을까?

답이 없는 질문

그는 정보를 얻기 위해, 또는 누군가 손을 들고 정답을 말해주기를 원해 질문을 한 것이 아닙니다. 그의 질문들은 자신의 상상력을 즐기고 탐구하고 확장하기 위한 것들이었습니다.

답을 알기 위해서가 아니라, 질문을 한다는 행위의 순수한 즐거움을 느끼기 위해 질문을 해본 적이 있나요? 처음에는 좀 이상할 수도 있습니다. 당신의 상상력은 새로운 사고방식에 적응할 시간이 필요할 거예요. 질문이 반드시 진실일 필요는 없습니다. 당신의 상상력이 자유롭게 떠돌아다니면서 이것저것 건드려보고, 엉뚱한 연결고리를 만들게 해보세요. 목적지 같은 건 없답니다. 질문이라고 해서 반드시 대답이 있을 필요도 없답니다.

궁금한 것에 대해
질문해보세요

당신은 무엇이 궁금한가요? 궁금하지만 누구에게도 묻지 못
했던 것이 있나요? 누가, 무엇을, 어디서, 왜, 어떻게, 언제, 할
수 있나, 만약 등의 단어들을 이용하여 질문을 만들어보세요.
이상한 질문을 해도 혼나지 않아요.

내게는 반항적인 기질이 있습니다. 글을 쓸 때마다

그 기질이 튀어나오죠. 나는 미친 화학자처럼

이것저것 마구 뒤섞어 놓습니다.

수학과 시, 과학과 시를 섞어놓지요.

거미줄의 모양, 벌집의 육각형, 철새들이 만드는

이동 대형에 대해 글을 씁니다. 기존의 글쓰기 스타일을

뒤집어버리는 게 좋아요. 소설을 쓸 때도 형식을 파괴하죠.

학생들과 함께 '느긋한 소리의 하이쿠'를 쓰기도 하는데,

5-7-5의 형식도 지키지 않고 운율도 무시합니다. 형식과

언어의 틀을 벗어나 솔직한 글을 쓰는 학생들에게 높은

점수를 줍니다. 틀에 짜인 것도 재미있죠. 퍼즐처럼요.

하지만 당신이 틀을 좋아하지 않는다면, 반항하세요.

미친 화학자가 되세요. 파괴를 두려워하지 마세요.

― 베치 프랑코(시인)

"전지전능한 마법사의 시점"
당신은 얼마나 멀리까지
갈 수 있나요?

#

Try
< *31-40* >

엄마가 나를 찾고 있는지도 모른다.

크리스마스 때 찍은 사진으로 만든,

'잃어버린 강아지를 찾습니다'

전단지를 뿌리고 있을지도 모른다.

아빠는 경찰에 전화를 하고,

뒤뜰을 찾아볼 것이다.

빨간 모자를 쓴 아저씨가 "어이!" 하고 휘파람을 분다.

나는 그의 지프를 타고 가파른 언덕을 통과한다.

시점을
바꿔보세요

대부분 일인칭을 사용하여 말을 하고 글을 쓸 것입니다. 하지만 가끔은 이인칭이나 삼인칭으로 이야기하고 글을 쓰는 것도 재미있지요. 한 걸음 떨어져 객관적으로 인생을 보는 것입니다. 과거에 했던 일이나 앞으로 하게 될 일을 남의 일처럼 말해보는 것이지요.

시점을 바꾸어 글을 쓰고 싶다면, 말 그대로 '보는 방향'을 바꾸어보세요. 예를 들어 제자리에서 빙글빙글 돌면서 시야에 들어오는 것들에 대해 이인칭 시점으로 써보는 것입니다. 또 식탁 아래에 앉아서 사람들의 발과 애완동물과 먼지뭉치에 대해 삼인칭 시점으로 써보세요. 구석에 숨어 있는 스파이의 시점으로 쓰거나, 비행기에 타고 있다고 상상하면서 당신의 인생을 내려다보며 전지전능한 마법사의 시점으로 글을 쓸 수도 있겠죠. 이를테면 다음은 강아지의 시점으로 본 일요일의 아침 풍경입니다.

엄마는 샤워를 하고 있다. 아빠는 아직 침대에 누워 있다. 나는 방문을 긁어대지만 그들은 못 들은 척한다. 나는 울타리 틈새로 빠져나간다. 언젠가 엄마가 이웃들에게 "우리 집 강아지는 그 틈새로 절대 못 나가요" 하고 말했던 곳이다. 아침을 제때 먹지 못하는 날에는(아침은 9시에 먹어야 한다) 주도권이 누구에게 있는지 보여줘야 한다. 나는 골짜기로 향하는 구불구불한 길을 쿵쿵대며, 까불고 돌아다닌다. 엄마가 나를 찾고 있는지도 모른다. 크리스마스 때 찍은 사진으로 만든, '잃어버린 강아지를 찾습니다' 전단지를 뿌리고 있을지도 모른다. 아빠는 경찰에 전화를 하고, 뒤뜰을 찾아볼 것이다. 빨간 모자를 쓴 아저씨가 "어이!" 하고 휘파람을 분다. 나는 그의 지프를 타고 가파른 언덕을 통과한다. 그리고… 아빠! 아빠는 내 얼굴을 쓰다듬으며 친절한 아저씨에게 인사를 하고, 나를 안으로 들여보내준다. 엄마는 내가 돌아왔다는 사실을 알고 울음을 터뜨린다. 그리고 내 밥그릇에 사료를 부어준다. 바로 이거야! 작전 성공이다. 이제 나는 제때 아침을 먹는다.

한 가지 동사만으로
글을 써보세요

하나의 동사만을 가지고 짧은 글을 완성해보세요. 이를테면 '나는 달린다. 그러자 마음에 무게가 달린다'처럼 '달린다'라는 표현으로만 문장을 만들어 나가는 거예요. 동사 외에는 어떠한 규칙이나 제한이 없는 글을 쓰세요. 어떤 특별한 글이 완성될지 기대되지 않나요?

나: 왜 그래, 클라이브, 내 상냥한 야옹이는 어디 간 거야?

클라이브: 자꾸 불러대지 좀 마.

나: 강아지들은 너처럼 무례하지 않아.

대화만으로 이루어진
글을 써보세요

대화를 따옴표 안에 넣으면 '대사'가 됩니다. 실제로 존재하는
대상 또는 상상 속의 대상을 향해 이야기를 건네세요. 그리고
그 대상이 어떻게 이야기할지 상상해보세요.

이를테면 당신의 고양이와 이야기를 나누는 거예요. 고양이가
사람의 말을 할 수 있다는 가정이 있어야겠죠. 물론 당신이 양
쪽의 역할을 해야 하지만, 글에서 느껴지는 어투는 달라야 합
니다. 내 고양이 클라이브와 나눈 대화를 보여드릴게요. 내 얼
룩고양이는 원래 성격이 좀 까칠한데, 글로 적어보아도 역시
그렇군요.

나: 클라이브!

클라이브: 네가 부르면 내가 갈 것 같니?

나: 잘 자고 일어나서 왜 이러실까? 냥이 침대가 불편했어?

클라이브: 저기요, 난 야행성이거든요. 밤새도록 사냥했거든요. 말을 해줘야 해? 이 나라에 생쥐는 씨가 말랐다고. 너야 아무 상관없겠지만.

나: 우유 좀 줄까?

클라이브: 거기다가 참치 좀 추가해줘. 깨끗한 접시에 담아주면 고려해볼게.

나: 왜 그래, 클라이브, 내 상냥한 야옹이는 어디 간 거야?

클라이브: 자꾸 불러대지 좀 마.

나: 강아지들은 너처럼 무례하지 않아.

클라이브: 저기요, 이 인간아. 개들은 뇌가 없거든.

실제 대화를
녹음해보세요

당신이 만약 가수나 시인이나 소설가라면, 당신의 가장 소중한 악기는 당신의 목소리입니다. 연주를 하기 전에 바이올린이나 기타를 조율하는 것처럼, 시를 낭송하거나 이야기를 하기 전에도 '도레미파솔라시도'로 목을 풀어줘야 하죠.

당신의 목소리는 종이 위에 울려 퍼집니다. 당신이 어떤 단어를 선택하고 어떻게 배열하느냐에 따라 다르게 들리지요. 슬프거나 무서울 때는 조용한 어조로 글을 쓸 것입니다. 소외당하거나 무시당했다고 느낄 때는 비명을 지르듯 쓰게 됩니다. 사람마다 고유의 지문과 입맛이 있는 것처럼, 목소리도 제각기 다릅니다. 말을 할 때도, 글을 쓸 때도 나타나지요. 조심스

도 레 미 파 솔 라 시 도 ————————

럽거나 행복하거나 자신만만하거나 친절하거나 긴장하거나
딱딱하거나 즐겁거나 감탄하거나….

당신과 다른 대상과의 대화를 녹음해보세요. 그리고 녹음 파
일의 말들을 그대로 옮겨 적으면서 각자 다른 목소리와 어조
를 느껴보세요.

돌의 표면은 수수께끼
누구도 그 대답을 알지 못한다

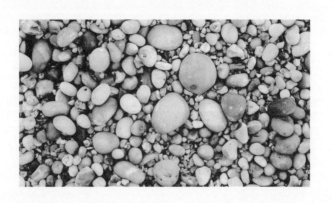

돌을
관찰해보세요

잠깐 책을 덮고 밖으로 나가 돌 하나를 골라보세요. 이거다, 싶은 돌이 있으면 주워들고 가만히 들여다보세요. 당신의 손바닥 위에 있는 돌이 살아 있다고 상상해보세요. 무슨 소리가 들리는지 귀를 기울여보고 냄새도 맡아보세요. 핥아봐도 좋아요. 돌의 색깔이 알록달록하다면 예전에 키우던 얼룩무늬 강아지를 떠올릴 수도 있겠지요. 돌의 모양이 동글동글하다면 자전하는 지구라고 생각할 수도 있어요. 용감한 돌도 있고 수줍은 돌도 있지요. 당신을 빤히 바라보는 돌도 있어요.

이쯤에서 멈출 수도 있어요. 하지만 더 안쪽으로 들어가고 싶다면 마음을 단단히 먹어야 합니다. 돌 안에는 눈 속에 찍힌 발

자국, 날아오르는 새들 같은 잃어버린 기억들, 또는 시간에 의해 왜곡된 기억들이 들어 있을지도 모르니까요. 찰스 시믹이라는 시인은 「돌」이라는 시에서 "돌의 표면은 수수께끼, 누구도 그 대답을 알지 못한다"라고 말하기도 했습니다.

당신은 당신의 돌을 관찰하며 무슨 생각을 했나요?

세상에는 엄청나게 많은 조언들이 있지만

저는 별로 신경 쓰지 않아요. 저는 지금 스스로에게 하는

이야기를 당신에게 할 뿐입니다. 스토리텔러가 되세요.

작가들은 모이기만 하면 이야기를 합니다. 그게 다예요.

좋은 작가들은 글을 쓰듯 이야기를 합니다.

구조, 뉘앙스, 리듬, 단어 등 모든 것을 고려하지요.

작가들은 일상이 직업입니다. 날것의 삶을 취하여

곱씹어보고, 제대로 된 이야기로 발전시키지요.

글뿐 아니라 말을 할 때도 스토리텔링을 연습하세요.

밥을 먹을 때도요. 주의를 기울여 말을 하고, 청중들을

유심히 관찰해보세요. 그들은 충분히 집중하고 있나요?

재미있어 하나요? 아니면 지루해 하나요?

훌륭한 스토리텔러가 당신 주위에 있을지도 모릅니다.

제가 아는 최고의 스토리텔러는 아이들이에요.

아이들은 정말 대단해요. 특별히 감정을 싣는 것도

아닌데 말이죠. 좋은 스토리텔러들은 밀고 당기는 법을

본능적으로 알고 있습니다. 청중들의 마음을 사로잡고

절대로 놓아주지 않아요.

— 캐롤 에드가리안(작가, 편집자)

같은 글자로 시작하는
단어들을 찾아보세요

인간이 지구 위를 어슬렁거리며 돌아다니기 시작했을 때부터, 산기슭에 쌓아올린 돌무더기는 여행자들에게 방향을 가리켜주는 지표가 되어 왔습니다. 글자 하나를 골라, 그 글자로 시작하는 단어들을 찾아보세요. 그리고 그 단어들을 차곡차곡 적으면서 쌓아보세요.

같은 글자로 시작하는 다른 모양의 단어 돌무더기를 만들어보세요. 또는 예시로 쌓아놓은 돌무더기 위에 다른 단어들을 쌓아올려보세요. 똑바로 쌓을 필요도 없고 균형을 맞출 필요도 없습니다. 기초를 다지거나 옆을 보충해도 됩니다. 아슬아슬한 탑 모양의 단어들을 이리저리 뒤섞어보세요.

노고단	고래	사랑
노랑	고개	사막
노숙	고마움	사실
노력	고백	사소함
노래	고무신	사자
노루	고구마	사과

길을 잃었던 때를
떠올려보세요

방향을 잃어서 계속 같은 곳을 뱅뱅 맴돌았던 경험이 있나요?
숲속이나 좁은 골목길, 시끌벅적한 시장, 미로 같은 건물의 복
도일 수도 있어요. 그때의 경험에 대해 써보세요. 그리고 어떻
게 다시 길을 찾았는지에 대해서도 써보세요.

침묵의 파도가 당신을 휩쓸기 시작할 겁니다

침묵에
잠겨보세요

때로 침묵은 새로운 상상의 출발점이 되기도 합니다. 하지만 포즈 버튼을 누르듯 갑자기 침묵에 잠기는 건 쉽지 않은 일이지요. 침묵으로 빠져들기 전에, 우선 소음을 만들어봅시다. 누군가와 같은 공간을 사용하고 있다면, 미리 설명을 해두는 게 좋겠지요. 침묵에 대해 글을 쓰기 위해 잠깐 동안 시끄러운 소리를 낼 거라고 말이죠. 소음을 만드는 방법을 알려드릴게요. 문이나 서랍을 쾅 하고 닫기(손가락을 조심하세요), 발 구르기, 박수 치기, 휘파람 불기, 노래하기, 쿵쿵거리기, 두드리기, 꽥 하고 비명 지르기, 투덜거리기, 쌕쌕거리기, 큰 소리로 웃기, 재채기하기⋯ 그리고 어린 시절에 하던 떼쓰기. 고수라면 이 모든 것을 동시에 해보세요.

흡족할 만큼의 소음을 만들어냈다면, 이제 펜을 드세요. 침묵의 파도가 당신을 휩쓸기 시작할 겁니다. 당신의 심장이 뛰는 걸 느껴보세요. 처음에는 기분이 좀 묘하겠지만, 감각과 청각에 집중해보세요. 뭔가 섬뜩한 느낌이 들 수도 있습니다. 미지의 세계에 몸을 담그고 침묵의 파도를 타보세요. 당신의 답들과 메아리가 침묵의 밀물과 썰물로 넘실거리게 해보세요.

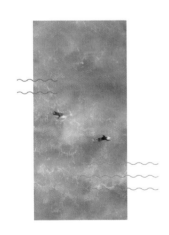

우주로 여행을 떠나보세요

무한대를 의미하는 기호 ∞는 숫자 8이 옆으로 누워 휴식을 취하고 있는 것처럼 보입니다. 무한은 끝이 없기 때문에, 당신이 갈 수 있는 곳도 끝이 없습니다. 우주에는 끝이 없다고 하죠. 그리고 지금도 팽창하고 있다고 합니다.

당신은 얼마나 멀리까지 갈 수 있나요? 그곳으로 가는 동안 무엇을 지나쳤나요? 제시된 단어들을 참고하여 머나먼 우주로 여행을 떠나는 글을 써보세요.

별빛

샛별

회전하다

붕괴하다

공전하다

수소

중력

북두칠성

적색거성

원형고리

전자

태양 표면의 폭발

분자

파편

흡수하다

광년

지구의 반사광

빛나다

은하수

성운

도플갱어

원자

폭발하다

빛나다

우주

에테르

동심원

무리

속도

퀘이사

빅뱅

오리온

거대하다

혜성

행성

운석

별자리

발사하다

블랙홀

초신성

소행성

일식

월식

은하계

달

소립자

대기광

소나기

가장 편안한
시간에 대해 써보세요

당신은 무엇을 할 때 가장 편안한 상태가 되나요? 또는 무엇이
당신을 편안한 상태로 만드나요? 당신의 몸과 마음이 가장 평
화롭다고 느끼는 순간들에 대해 써보세요. 집에서 혼자 보내
는 시간일 수도 있고, 누군가와 함께일 수도 있어요.

스토리에 대한 아이디어가 떠오르면 나는 바로 글을 쓰기

시작합니다. 그 이야기가 어떻게 전개될지

궁금하기 때문이죠. 주인공은 어떤 캐릭터를

갖고 있는지, 그래서 어떤 인생을 살았는지를 알 수 있는

유일한 방법은 이야기를 만들고 쓰는 것 외에는 없습니다.

단지 이런 이유로 글을 쓰면, 모든 것이 훨씬 쉽고

재미있어집니다. '난 책 한 권을 써야 해'라거나

'독자, 선생님, 출판업자, 도서관 사서가

지금 내가 쓰고 있는 이 글을 좋아할까?'라거나

'난 좋은 책을 써야 해, 더 나은 책을, 가장 훌륭한 책을!'

같은 생각을 하면, 글을 쓰는 즐거움은 사라질 거예요.

어떤 일이 일어날지 알아보는 것,

그것이 글을 쓰는 가장 좋은 이유입니다.

— 캐런 커쉬만(작가)

"상상력의 날개"
고요한 마음과
활짝 열린 귀가 있다면
#

Try

< **41-50** >

한 소년이 방으로 걸어 들어온다

지루한 동사를 신나게
바꿔보세요

한 소년이 방으로 걸어 들어온다.

그는 어떻게 방으로 들어갔나요? 걸어 들어왔지요. …지루해
지네요. 소년이 방으로 들어가게 하는 다른 방법을 찾아볼까
요? 올바른 동사를 찾으면, 다른 말을 덧붙이지 않아도 소년의
캐릭터를 표현할 수 있습니다. 부사를 남발하지 말고 올바른
동사를 찾는 데 시간을 들이세요. 부사를 너무 자주 쓰면 신뢰
성이 떨어집니다. 그러니 충실한 동사를 사용하세요. 동사는
이 소년의 생각과 기분을 고스란히 전달해줍니다.

한 소년이 방으로 들어가는 데는, 그냥 걸어 들어가는 것 외에
도 아주 다양한 방법들이 있습니다. 아래의 목록에서 적당한

것을 찾아 다른 동사로 바꾸어보세요. 목록에 없는 동사를 사용해도 좋습니다. 지루한 동사들을 신나는 동사로 만드는 거예요.

물구나무를 서다　　　　　푹 쓰러지다

위태롭게 달리다　　　　　미끄러지듯 뒤로 걷다

공중제비를 넘다　　　　　살금살금 기다

점프하다　　　　　　　　빙빙 돌다

돌을 차다　　　　　　　　몸을 굽히다

깡충깡충 뛰다　　　　　　흔들거리다

날다　　　　　　　　　　서두르다

재주를 넘다　　　　　　　브레이크댄스를 추다

비비 꼬다　　　　　　　　기침하다

엎드려 기다　　　　　　　자전거를 타다

낙하산을 타다　　　　　　훌라댄스를 추다

오락가락하다　　　　　　발끝으로 살금살금 걷다

어슬렁거리다　　　　　　뚫고 가다

비집고 들어가다　　　　　장대높이뛰기를 하다

미끄러지다　　　　　　　둥글게 구르다

달아나다　　　　　　　　기어오르다

들리지 않는 소리를
들어보세요

깊은 밤, 벽과 바닥은 잠에 빠져 있습니다. 하늘빛과 맞닿은 거실의 끝자락은 코를 골고, 달빛이 비쳐드는 작은 창문은 한숨을 쉽니다. 계단 아래에서는 뭔가가 흔들리며 진동하고, 어둠은 회오리치는 신음소리를 만들어냅니다. 고양이와 개, 내 꿈속에서 풀을 뜯고 있는 양이 그 소리들을 듣습니다. 인간의 귀로는 제대로 들을 수 없는, 작고 휘청거리고 기울어진 소리들이 무수히 많습니다.

눈을 감고 고요히 앉아 상상력의 날개를 펼치면, 보이지 않는 몇 가지 소리를 붙잡을 수 있습니다. 고요한 마음과 활짝 열린 귀가 있다면, 말벌이 태어나는 소리, 나뭇가지들이 스치는 소

들리지 않는 소리

리, 별들이 불타는 소리, 그리고 행성들이 달의 뒷면에 충돌하는 소리를 들을 수 있답니다.

자신감의 소리, 욕망의 소리, 애원의 소리, 외로움의 소리, 공포의 울림과 인내의 뿌리가 내는 소리까지… 온종일 들어보세요. 한밤중에도 귀를 기울여보세요. 당신이 들으려 하는 소리의 메아리를 붙잡아보세요. 그리고 그것으로 글을 써보세요.

한 분야에 관한
단어들을 모아보세요

한 단어에는 많은 이야기가 숨어 있습니다. 새로운 단어를 아는 순간 이제껏 보지 못했던 새로운 세계를 만나게 되기도 합니다. 특정한 분야나 주제에 관한 단어를 모아보세요. 모으기 전엔 몰랐던 새로운 단어들이 리스트를 가득 채우게 될 겁니다. 좋아하는 분야라면 더 즐겁게 시작할 수 있겠지요. 이를테면 야구는 어떨까요?

만약 야구가 당신이 꿈꾸고, 하고 싶고, 보고 싶고, 이야기하고 싶은 스포츠가 아니라면, 다른 종목을 찾아보세요. 경기에서 사용하는 용어 리스트를 만들고, 각 용어에 대한 설명도 써보세요.

올스타	너클볼	변화구
이닝	빈볼	스위트 스폿
폭투	스트라이크 존	와인드 업
병살	마운드	플레이밍
타율	스퀴즈 번트	보크
메이저 리그	도루	볼끝
라인드라이브	그랜드슬램	내야수
스플리터	월드 시리즈	홈런
3루타	슬라이더	너클볼
삼진 아웃	안타	배팅볼
번트	라인드라이브	직구
홈스틸	덕아웃	체크 스윙
트리플 플레이	커브볼	낫아웃
실책	협살	와일드 피치
희생타	체인지 업	포수
볼넷	유격수	홈 플레이트

리스트를
만들어보세요

리스트를 만들 수 있는 소재는 무궁무진합니다. 그리고 그 리스트로 글을 쓸 수 있어요. 계속 리스트를 만들어보세요. 새로운 리스트가 떠오를 때마다, 기존의 리스트에 덧붙여보세요. 그리고 그중 하나를 골라 글을 써보세요.

- 나를 행복하게 만드는 열다섯 가지
- 집으로 돌아오는 길에 생각했던 열 가지
- 내 고양이가 어슬렁거리는 장소들
- 내가 갖고 있는 소중한 물건들
- 내가 죽고 난 후 그 물건을 주고 싶은 사람들
- 세 가지 비밀

- 지금까지 내가 잠을 잤던 곳들
- 인간이 들을 수 없는 스물일곱 가지 소리
- 훌륭한 야구선수가 되는 법
- 아버지가 가르쳐주신 것
-
-
-
-
-
-
-

좋아하거나
싫어하는 것들에 대해 써보세요

다음의 항목 중 하나를 골라 글을 써보세요. 새로운 항목을 만
들어도 좋아요.

- 내가 좋아하는 선생님
- 내가 좋아하는 음식
- 내가 좋아하는 사람
- 내가 좋아하는 향기
- 내가 좋아하는 나쁜 말
- 내가 좋아하는 노래
- 내가 좋아하는 스포츠
- 숨어 있기 좋은 곳

우리 모두는 내면의 목소리를 갖고 있지요

그곳에서 모든 영감이 시작됩니다

힘겨운 학창시절을 보내던 그 어린 소녀가

작가이자 일러스트레이터가 되리라고 누가

상상이나 했을까요? 아이디어를 어디에서 얻냐고

사람들이 내게 묻곤 합니다. 나는 당신과 같은 방식으로

아이디어를 얻어요. 바로 상상력이죠. 우리 식구들은

모두 이야기꾼이고, 우리 집에는 텔레비전이 없었어요.

그래서 저의 상상력이 풍부해진 것입니다.

작가, 배우, 댄서, 뮤지션처럼 창조적인 일을 하는

사람들은 글을 쓰고 연기를 하고 춤을 추고 음악을

만들기 위해 내면의 목소리를 들어야 합니다.

우리 모두는 내면의 목소리를 갖고 있지요.

그곳에서 모든 영감이 시작됩니다.

하지만 당신 앞에 시끄러운 브라운관이 있다면,

내면의 목소리는 지워지겠지요.

텔레비전을 꺼야만 합니다.

그리고 내면의 목소리를 듣고, 듣고, 또 들으세요.

— 패트리샤 폴라코(작가, 일러스트레이터)

174

당신의 영웅에게
편지를 써보세요

당신의 영웅은 누구입니까? 먼저 그 사람의 특징 세 가지를 써
보세요. 그리고 그 사람에게 하고 싶은 말이나 물어보고 싶은
것을 떠올려보세요. 살아 있는 사람이 아니어도 좋습니다.

이제 당신의 영웅에게 편지를 써보는 거예요. '나는 기억하고
있어요'라는 문장으로 글을 시작하세요. 그때의 이야기를 구
구절절 쓸 필요는 없답니다. 그냥 짧은 편지니까요. 지금 당신
에게 가장 절실한 것을 이야기하고, 물어보세요.

자, 이제 누구에게 글을 쓸 건가요? 어디로 보낼 건가요?

잊지 못할 추억에 대해
써보세요

인생에서 잊지 못할 추억이 있나요? 다음 글처럼 그때를 떠올리는 글을 써보세요.

서점 직원이었던 젊은 아버지는 무작정 나를 서점에 풀어놓곤 했다. 아버지의 퇴근시간을 기다리며 이 책과 저 책을 떠돌던 그 시간은 유난히 느리게 흘렀다. 책을 들여다보고 있었지만, 시계를 홀끔거리며 저녁으로 뭘 먹을지 고민하느라 머릿속은 딴생각일 때가 많았다. 종종 재미난 책을 발견한 날에는 마음을 홀딱 빼앗긴 채 몇 시간이고 구석 서가에 꼼짝 않고 있었다. 대부분 아이들을 위한 추리소설이었고, 기이한 이야기들을 묶은 책이었다. 혹여 미처 끝까지 못 읽었을 땐 퇴근한 아버지에게 슬쩍 책을 내밀곤 했다. 왜 이런 책을 읽느냐는 핀잔은 한 번도 없었다. 한 손은 아버지의 손을, 다른 한 손은 바스락거리는 서점봉투를 들고 서점을 빠져 나올 때의 마음은 순전한 기쁨이었다.[5]

당신이 사랑하는,

아주 가까운 곳에 있는

특별한 사람

특별한 사람에 대해
생각해보세요

당신이 사랑하는, 아주 가까운 곳에 있는 특별한 사람을 생각
해보세요. 살아 있을 수도 있고 이미 세상을 떠났을 수도 있지
만, 중요한 건 당신이 간직하고 있는 그 사람에 대한 느낌입니
다. 그 감정은 결코 죽지 않으니까요. 그 사람이 당신에게 준
것, 이를테면 목걸이나 조개껍질 같은 것을 떠올릴 수도 있고,
그 사람이 가르쳐준 것, 이를테면 뜨개질하는 법이나 물구나
무 서는 법 같은 것을 기억해낼 수도 있겠지요. 그가 당신에게
들려주었던 이야기, 여러 번 되풀이했던 이야기를 다시 해볼
수도 있습니다. 그와 함께 했던 여행을 생각해보고, 그가 지금
어디에 있을지 상상해보세요. 당신은 지금 누구를 떠올리고
있나요?

시간을
되돌려보세요

기억력은 강력한 무기입니다. 당신의 친구가 무슨 이야기를 하고 무슨 약속을 했는지, 당신의 가족이 어떤 일을 하고 어떤 일을 하지 않았는지, 아주 세부적인 것까지 기억에 남아 있을 지도 몰라요.

이 글을 쓰기 전에 당신이 한 일을, 시간을 거슬러 올라가며 써 보세요. 네덜란드 과학자들에 따르면, 뒤로 걷기는 우리의 생각을 맑고 선명하게 만들어준다고 합니다. 한 시간 정도 뒤로 걸으면서 당신의 인생을 되돌아보세요.

한 시간 전에 나는 부엌에서 샐러드 드레싱을 만들고 있었다. 그 전에는 구두를 벗으며, 조금 전까지 대화를 나누었던 동료의 목소리를 떠올리고 있었다. 그 전에는 손으로 난간을 더듬으며 지하철역에서 에스컬레이터를 타고 올라가고 있었다. 그 전에 내 눈앞에는 서류뭉치가 수북히 쌓여 있었고, 나는 서류 대신 창밖의 하늘을 바라보는 중이었다. 그 전에 나는 오랫동안 미루던 문서를 모니터에 띄워놓고 마지막 한 줄을 적기 위해 긴 시간 동안 고민하고 있었다. 그 전에는 책상 서랍을 열다가 언젠가의 여행에서 가져와 팽개쳐둔 스페인의 동전 하나를 발견했다. 그 전에는 의자에 기대듯 앉아, 늦가을의 이름 모를 꽃을 두 손 가득 들고 있던 누군가를 생각하고 있었다.

색깔은

우리의 뇌와 우주가 만나는 장소다

영혼의 색깔에 대해
써보세요

화가 파울 클레는 '색깔은 우리의 뇌와 우주가 만나는 장소다'라고 했습니다. 색깔은 놀라워요. 언어를 초월하여 이야기하고, 우리의 감정과 느낌과 기억을 보여줍니다. 산의 정상, 수영장, 오래된 헛간, 여름 아침, 해 질 녘의 야구장을 모두 표현할 수 있지요.

한 가지 색깔을 골라보세요. 당신이 제일 좋아하는 색깔도 좋고, 한 번도 몸에 걸쳐본 적이 없거나 생각해본 적 없는 색깔도 좋습니다. 이제 산책을 나가보세요. 그 색깔을 지니고 있는 사물을 찾고 느끼고 관찰해보세요. 당신의 온몸이, 겉은 물론이고 속까지도, 그 색깔로 뒤덮여 있다고 상상해보세요. '색깔의 주파수'가 자석처럼 그 색깔을 끌어당기는 것이지요. 당신의 색깔에 새로운 이름을 붙여줄 수도 있습니다. 그리고 아래의 질문에 대한 답을 써보세요. 색깔의 이모저모를 탐구하는 탐험가가 되보는 것입니다.

- 당신의 색깔은 어떻게 움직입니까?
- 그 색깔은 무슨 계절에 태어났습니까?
- 그 색깔은 당신을 어디로 데려갑니까?
- 그 색깔은 밤과 낮 중 무엇을 좋아합니까?
- 그 색깔의 소원은 무엇입니까?
- 그 색깔의 뒤에는 무엇이 숨어 있습니까?
- 그 색깔은 어떤 소리를 내지 않습니까?
- 당신의 색깔이 될 수 없는 세 가지는 무엇입니까?
- 그 색깔은 무엇을 담고 있는 상자입니까?
- 그 색깔은 어떤 노래를 부르고 있습니까?
- 그 색깔은 어떻게 생겼습니까?
- 그 색깔의 친구들은 누구입니까?

많은 작가들이 제게 훌륭한 조언을 해주었습니다.

그 중에서 제가 좋아하는 이야기 하나를 들려드릴게요.

대단한 작가인 레이 브래드버리는, 작가라면

점심으로 샌드위치를 먹어야 한다고 말한 적이 있지요.

처음에는 무슨 소리를 하나 싶었습니다. (샌드위치가 맛있긴

하지만요.) 샌드위치는 책을 읽으면서 먹을 수 있으니

일석이조라고, 그는 설명해주었습니다. 많은 작가들이

그러하듯, 작가로서 책을 읽는 것은 글을 쓰는 것만큼

중요하다는 것을 알고 있었던 거죠.

글을 쓰는 사람은 항상 책을 읽어야 합니다.

글을 쓰기 위해 그보다 좋은 방법은 없습니다.

많이 읽으세요. 다양한 책을 읽으세요.

식사 시간에 왜 책을 읽고 있는 거냐고

누가 불평을 하면, 일하느라 바쁘다고 얘기하세요.

— 루이스 버즈비(시인, 작가)

"세계의 다양한 측면"

"자신을 몰아넣는 모험"

말이 안 되는 것에 대해

#

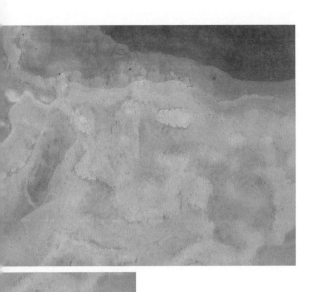

파란색의 소리는
빙하에 금이 가는 소리,
또는 한밤중에 들리는 지구의 심장박동 소리입니다.

공감각을
이해해보세요

새가 노래를 부를 때마다, 또는 바람이 머리카락을 스칠 때마다, 당신의 머릿속에 파란색과 삼각형이 떠오른다고 상상해보세요. 공감각이란 하나의 감각이 다른 감각이나 느낌을 일으키는 것입니다. 당신이 어떤 감각을 느낄 때, 다른 감각도 따라오는 것이지요. 공감각을 지닌 사람은 특정한 소리를 들을 때마다 특정한 색깔을 봅니다. 음악가와 미술가들 중에는 공감각을 지닌 사람들이 많습니다. 예를 들어 '가'라는 글자를 보면 사과처럼 빨간색이 떠오릅니다. 고양이가 야옹 하고 울면 오렌지색이 지그재그로 움직입니다. 혹은 동그라미를 그리면서 고음이 소용돌이치는 것을 듣거나 금속의 맛을 느낄 수도 있습니다.

공감각을 이해하면, 세계의 다양한 측면을 다양한 방법으로 느끼고 경험하게 됩니다. 상상력을 동원하여 다음 질문에 대답해보세요.

질문

- 파란색은 어떤 소리를 낼까요?
- 아우성에서는 무슨 맛이 날까요?
- 동그라미는 어떤 냄새가 날까요?
- 아기의 울음소리는 무슨 색깔일까요?
- 하얀색은 어떻게 움직이나요?
- 속삭임은 어떻게 생겼나요?
- 청록색의 촉감은 어떤가요?

답

- 파란색의 소리는 빙하에 금이 가는 소리, 또는 한밤중에 들리는 지구의 심장박동 소리입니다.
- 아우성의 맛은 혀끝에서 타들어갑니다. 이따금 톡 쏘는 맛이 나고 눈물이 맺히게 합니다.
- 동그라미의 냄새는 쉬워요. 젖은 도로와 분필을 섞어놓은 냄새입니다.
- 아기의 울음소리는 분명히 분홍색입니다. 흰색이나 회색을 제외한 다른 색들은 접근할 수 없는, 아주 밝은 분홍색입니다.
- 하얀색은 행복한 표정으로 아이들을 안아주는 엄마처럼 움직입니다.
- 속삭임은 벽에 비친 긴 그림자 혹은 비뚤비뚤하게 잘린 종이인형처럼 생겼습니다.
- 청록색은 부드럽고 차갑습니다. 노란색처럼 따뜻해지고 싶어 합니다.

말이 안 되는 것에 대해
써보세요

지금부터 새로운 도전을 할 겁니다. 말도 안 되는 상황으로 자신을 몰아넣는 모험이지요.

아래의 질문에 말이 되는 대답을 찾을 수는 없을 거예요. 한번 해보세요. 어림도 없어요. 아래의 질문들 중 몇 개를 골라 답을 써보세요. 그리고 10~20개, 혹은 그보다 더 많은 단어들을 사용하여 문장의 길이를 늘여보세요. 말이 안 되어도 괜찮아요.

- 은색의 가장자리에는 무엇이 있을까요?

- 지루함의 중심에는 무엇이 있나요?

- 내일의 꼭대기는 무엇을 기다리나요?

- 외로움의 소용돌이는 어떤 소리를 내나요?

- 초록색의 적은 어디에 숨어 있나요?

- 시월의 바닥이 절대로 하지 않을 것은 무엇인가요?

- 비의 은신처는 무엇의 아래에서 떨고 있나요?

- 희망을 높은 곳에 달아두면 무엇을 볼 수 있을까요?

- 평화의 아래에서는 무슨 소리가 들리나요?

- 당신의 슬픔을 바람 속에 던지면, 무엇이 되어 되돌아올까요?

- 당신이 현재로 뛰어든다면, 어디에 착륙할까요?

- 당신이 행복의 계곡으로 살금살금 들어간다면,
  무엇을 발견할까요?

날아가는 주름진 **갈색**,
살금살금 걸어가는 통통한 보라색,
질주하는 이 빠진 초록색,
흔들리는 구부정한 진홍색,
나긋나긋하고 에리한 **계피색**…

색깔의 새로운 이미지를
찾아보세요

다양한 색깔에 대한 새로운 이미지를 만들어보세요. 움직임과
생김새를 표현하는 단어들을 색깔과 연결하여 여러 가지 문장
을 만들어보세요. 날아가는 주름진 갈색, 살금살금 걸어가는
통통한 보라색, 질주하는 이 빠진 초록색, 흔들리는 구부정한
진홍색, 나긋나긋하고 예리한 계피색… 다음 페이지의 단어
리스트를 활용하여 최대한 많은 종류의 조합을 만들어보세요.

움직임

서두르다	박살내다	발끝으로 걷다
달리다	떨어뜨리다	한가로이 걷다
건너뛰다	곤두박질치다	살금살금 걷다
쏜살같다	튀기다	가만히 뒤를 밟다
튀어 오르다	잠수하다	휘청거리다
전력질주하다	급강하하다	뒤뚱뒤뚱 걷다
성큼성큼 걷다	날다	좌우로 흔들리다
질주하다	항해하다	표류하다
경주하다	기어가다	늘어지다
밀치다	터벅터벅 걷다	흔들다

생김새

납작한	삐쭉삐쭉한	아주 작은
굽은	촘촘한	기다란
통통한	뾰족한	정사각형의
부서진	삼각형의	타원형의
주름진	둥근	팔각형의

뚱뚱한	반짝반짝한	각진
물결 모양의	부풀어 오른	갈라진
튀어나온	축 늘어진	구겨진

색깔

빨간색	겨자색	계피색
노란색	아몬드색	올리브색
파란색	사과색	금색
갈색	우윳빛	자주색
녹색	장밋빛	구릿빛
흰색	복숭아색	오렌지색
분홍색	하늘색	루비색
베이지색	사파이어색	코발트색
하늘색	호박색	검정색
모래색	크림색	레몬색
민트색	옥빛	회색
눈꽃색	에메랄드색	청록색
연어색	아이보리색	연보라색

변신에 대해
써보세요

무엇인가로 변신하는 상상을 해본 적이 있나요? 신화와 판타지, 공상과학 소설에 자주 등장하는 그 변신 말이에요. 옷, 마음가짐, 머리 길이, 속옷을 바꿔보세요. 당신은 어떻게 달라질까요? 새가 되고, 파도가 되고, 우주비행사가 되어보세요. 변신을 통해, 당신 자신으로 존재하는 것을 잠시 멈추고 다른 사람 또는 다른 것의 재능을 누려보는 거예요.

지난밤, 나는 어둠에 싸인 빌딩숲 위를 날아다녔다. 나는 한없이 크고, 그러나 한없이 가벼웠다. 어쩌면 구름이 된 것도 같았지만 내 모습이 보이지 않아 확신할 수는 없었다. 나는 둥실 떠오른 채 어딘가로 빠르게 날아가고 있었는데, 마음이 점점 다급해지는 걸로 보아 무엇인가로부터 도망치고 있는 게 분명했다. '그것'은 빠른 속도로 뒤따라왔기 때문에 나는 곧 따라잡힐 것 같은 공포에 휩싸였다. 그러자 온몸이 얼어붙었고 그 자리에서 엄청난 속도로 추락하기 시작했다. 끝없는 추락으로 숨이 턱 끝까지 차오르고 심장이 터질 듯 두근거리는 순간, 나는 깨달았다. 이 꿈은 내가 켜놓고 잠든 텔레비전에서 튀어나온 조각에 불과했다는 것을.

꿈의 꼬리 ───────

당신 속에 있는 또 다른 당신

꿈의 단서로
글을 써보세요

꿈에서 가져온 신기한 이미지나 사소한 단서로 글을 써보세요. 꿈이 보여주는 것은 당신의 삶이 마련한 아이디어들의 파티입니다. 꿈의 꼬리를 잡고 그것을 현실로 만들어보세요. 기억나지 않는 것들을 기억해보세요. 당신 속에 있는 또 다른 당신을 꺼내어보세요.

이제 막 책을 내기 시작한 작가들은 항상

시집을 들고 다니지요. 저도 70년대 초반에는

머윈의 『사다리를 든 자』와 찰스 시믹의 『침묵의 해체』를

들고 다녔답니다. 그 두 권의 책은 창조적인 세계에 대한

나의 호기심을 충족시켜주었어요.

저는 캘리포니아 프레즈노에서 태어나고 자랐는데

이런 제목을 가진 시적 풍경들은 나를 둘러싼 세상과

달랐지요. 실제 풍경도 좋았지만 시의 세계 속에 있는

풍경도 아름다웠습니다. 파블로 네루다의 시 안에서는

더욱 무거운 세계를 찾았고 그것을 완벽하게

이해하게 되었어요. 여명이 밝아올 때부터

침실의 불이 꺼질 때까지 책을 읽었고,

그 속에서 많은 것들을 배웠습니다.

— 개리 소토(시인, 작가)

엉뚱한 사전을
만들어보세요

이것은 단어의 의미에 대한 실험입니다. 당신이 좋아하는 명사들을 재발견하고 고정관념에서 벗어나 그 안에 숨어 있는 것들을 찾아내기 위한 것이지요. 그 단어에 대한 당신의 느낌을 살펴보고 단어의 핵심을 파악해보세요.

사전은 잠시 덮어두고, 단어가 숨기고 있는 비밀을 파고들어 새롭고 다양하게 정의해보세요. 단어의 껍질을 벗기고 당신의 엑스레이를 동원하여 그들의 움직임이 어떻게 다른 것들을 움직이게 하는지, 어떻게 속삭이고 어떻게 떨림을 전하는지 짐작해보세요.
아래의 예시처럼 하나의 단어에 대해 새롭게 정의해보세요.

• 리듬

당신의 말과 행동,

손짓과 고갯짓,

미소와 한숨,

과거와 현재와 미래를 걷는 속도와 보폭을 함께 타는 것.

언제, 어떻게 느려지는지,

왜, 무엇 때문에 빨라지는지

몸과 마음으로 동시에 느끼고 반응하는 일.

가능하다면 자연스러움을 잃지 말고. 말하자면 춤을 추듯이.

당신이 어디로 가는지를 이미, 미리, 벌써, 짐작하는 일.⁶

Try 57

관용구를
모아보세요

두 개 이상의 단어가 한 팀이 되어, 각 단어의 본래 의미와는 다른 의미를 지니게 되는 어구를 관용구라고 합니다. 처음 들었을 때는 그 의미를 모를 수도 있습니다. 문자 그대로 받아들이면 이해할 수 없으니까요. 한 언어의 관용구를 알기 위해서는 그 언어를 사용하고 있는 나라나 도시에 가서 살아봐야 합니다. 관용구는 여행을 싫어해요. 스페인 사람들은 미국 사람들이 사용하는 관용구를 이해하지 못해요. 또 브라질의 관용구는 프랑스에서 전혀 통하지 않습니다.

관용구는 비유(또는 은유)를 통해 간단한 관념을 이미지로 만듭니다. 약속 시간이 한참이 지나서야 나타난 친구에게 "이제야 나타났네! 한참을 기다렸잖아"라고 말할 수도 있지만 "널

기다리다가 목이 빠지는 줄 알았잖아"라고 표현할 수도 있습니다.

여러 가지 관용구를 찾아 리스트를 만들고 글을 쓸 때 활용해보세요. 관용구를 익혀 자신의 것으로 만들어보세요.

- 그의 아내는 하루 종일 남편에게 잔소리를 해대고 있어.
  → 그의 아내는 하루 종일 남편에게 바가지를 긁고 있어.
- 그 애는 슬픈 게 아니야. 그 눈물은 분명히 거짓이야.
  → 거짓말쟁이 같으니. 그건 악어의 눈물이야. (악어는 먹이를 먹기 전에 눈물을 흘린다고 하지요.)
- 그녀는 그럴 필요가 없어. 다 헛수고야.
  → 그녀는 그럴 필요가 없어. 말짱 도루묵이야.
- 그녀는 좋은 사람이 아니야. 그런 척하는 거지.
  → 그녀는 양의 탈을 쓴 늑대야.

• your turn •

당신이 사랑하는 사람의 72.8 퍼센트는 물이다.

재미있는 사실로 글을
시작해보세요

누군가에게 편지를 쓸 때, '안녕하세요? 잘 지내고 있나요? 저는 잘 지내요' 같은 식상한 말보다, '사람이 일생 동안 말을 하는 시간은 평균 10년이라는 사실을 알고 있나요?' 같은 질문으로 시작해보면 어떨까요? '당신이 사랑하는 사람의 72.8퍼센트는 물이랍니다' 같은 이야기도 괜찮겠네요. 재미있는 사실로 글을 시작하면 독자들의 관심을 끌어와 붙잡아둘 수 있습니다. '으음, 어디 보자, 설마? 이거 진짜야?' 하고 자문하겠죠. 재미난 사실을 기억해두면 대화를 시작할 때도 도움이 됩니다. 만약 당신이 어떤 아이를 처음 만났다면, 어색함을 깨기 위해 어떻게 하면 좋을까요? '자기 팔꿈치를 자기가 핥을 수 있을까?' 하고 물어보는 건 어때요? (아마 불가능할 겁니다.)

그 아이는 당장 팔꿈치를 핥아보려고 하겠지요. 더 많은 깜짝
놀랄 사실들을 찾아보세요.

- 닭의 최고 비행 기록은 13초다.
- 달팽이는 3년 동안 잘 수 있다.
- 악어는 혀를 입 밖으로 꺼낼 수 없다.
- 하루 동안, 발은 0.5리터 이상의 땀을 흘릴 수 있다.
- 당신과 생일이 같은 사람은 최소 9백만 명이다.
- 고양이는 100가지 이상의 소리를 낼 수 있다.
- 개는 10가지 정도다.
- 미국에서 칠면조가 가장 많이 살고 있는 곳은 캘리포니아 주다.
- 네 살짜리 아이는 하루에 400가지 이상의 질문을 한다.
- 일생 동안 탈피하는 피부의 무게는 평균 18킬로그램이다.
- 돌고래는 한쪽 눈을 뜨고 잔다.
- 혹등고래는 노래를 할 줄 아는 유일한 고래로 알려져 있다.
- 남극대륙에 사는 새 알바트로스는 땅에 발을 딛지 않고 수년 동
  안 살 수 있다.
- 당신이 사랑하는 사람의 72.8퍼센트는 물이다.
  (다시 한 번 언급할 만하지요.)

상상력의 세계기록을
만들어보세요

기네스북에 대해서는 잘 알고 계시겠죠. 세상의 온갖 진귀한 기록들을 모아놓은 책이니까요. 속을 판 호박 안에 가장 빨리 얼굴을 집어넣는 사람, 87마리의 방울뱀이 있는 욕조에서 가장 오래 버틴 사람, 제한된 시간 안에 눈사람을 가장 많이 만드는 팀 등 수천 가지의 기록들이 있습니다. 단 한 가지를 제외하고 말이죠. 당신의 무한한 상상력으로 세계 기록에 도전해보면 어떨까요? 밑져야 본전이잖아요. 상상력을 동원하여 아래의 리스트에 대한 답을 써보세요.

• 가장 진실한 것
• 가장 단단한 것

- 가장 납작한 것
- 가장 부드러운 것
- 가장 깊은 것
- 가장 시끄러운 것
- 가장 어려운 것
- 가장 친밀한 것
- 가장 높은 것
- 가장 친절한 것
- 가장 울퉁불퉁한 것
- 가장 둥근 것
- 가장 행복한 것
- 가장 쉬운 것
- 가장 끈적끈적한 것
- 가장 재미있는 것

- 가장 높은 것은 열두 마리 개코원숭이의 울음소리를 섞어놓은 것이다.
- 가장 울퉁불퉁한 것은 메이플 시럽을 뿌리지 않은, 푹 꺼진 핫케이크다.
- 가장 친밀한 것은 진단받지 않은 꿈이다.
- 가장 쉬운 것은 혀 위에 있는 것을 잡는 일이다.
- 가장 느린 것은 상처 입은 뱀이다.

숫자가 없는 세상을
상상해보세요

시인 찰스 시믹은 "시의 은밀한 소망은 시간을 멈추는 것"이라고 했습니다. 내일 아침 당신이 일어나 시계를 보았을 때, 시의 은밀한 소원이 이루어져 있다면 어떻게 될까요?

한밤중에, 세상의 모든 숫자가 사라진 것입니다. 밤 열한 시는 '모두가 돌아오는 시간'이고, 밤 열두 시는 '과거를 돌아보게 하는 시간'입니다. 아침 일곱 시는 '고양이가 문을 두드리는 시간'이고, 여덟 시는 '살굿빛의 시간'입니다. 모든 마을과 도시와 나라, 버스 시간표, 수학시험, 작업계획표, 손목시계, 휴대전화, 계산기의 숫자들은 한순간에 안개 속으로 사라집니다. 처음엔 다들 당황하겠지요. 하지만 사람들은 숫자가 존재하지

않는 세상에 점점 익숙해질 것입니다.

다른 이를 바라보는 시간, 심장이 뛰는 시간, 누군가를 만나는 시간, 샤워를 하고 책을 읽는 시간, 달빛 아래에서 연인의 품에 안겨 있는 시간에는 숫자가 존재하지 않습니다.

숫자가 없는 시간에 대해 써보세요.

액션과 모험으로 가득 찬 이야기를 쓸 때

가장 중요한 요소는 무엇일까요? 바로 '긴장감'입니다.

이야기를 끌고 가고 독자들이 페이지를 넘기도록

만드는 힘은 긴장감에서 비롯됩니다.

고무줄을 떠올려보세요. 줄의 양쪽 끝을 잡아당기면

점점 길어지고 팽팽해집니다. 그것이 긴장감입니다.

계속 힘을 주면 고무줄은 탁! 하고 끊어지겠지요.

이야기가 막바지로 치달을 때 독자들이 원하는 것이

바로 그 느낌입니다. 당신의 주인공은 거듭거듭

위험한 상황에 처해야 합니다. 짧은 순간의 안도가

지나가면 또 위험이 닥쳐와야 하죠. 독자들이 긴장과

불안으로 숨도 쉬지 못할 정도로요. 그리고 긴장감이

깨어지는 순간, 당신과 독자 모두 흡족한 결말을

맞이해야 합니다. 독자들은 상큼한 엔딩에 만족하는

동시에, 당신과 함께 힘든 여정을 통과해온 것에 대해

기쁘게 생각할 것입니다.

— 엘리자베스 싱어(소설가)

"온몸의 신경"
혼자만의 여정에서 발견한
과거의 유물들
#

< *Try* **61-70** >

내가 좋아하는 시간

당신이 좋아하는
시간에 대해 써보세요

'내가 좋아하는 시간'이라는 제목으로 글을 써보세요. 그 시간에 당신은 누군가로부터 사랑받고 있다고 느끼나요? 오롯이 나에게만 집중할 수 있나요? 이전엔 몰랐던 것들을 새롭게 발견하게 되나요? 사람들은 결코 상상하지 못할 나만의 비밀스러운 일을 하나요? 그 시간을 좋아하는 이유가 어떤 것이든 좋아요.

• your turn •

Try 62

지금 보이는 것에 대해
써보세요

당신은 지금 뭘 하고 있나요? 뭘 하려고 하나요? 어디에서 무얼 하고 있든, 잠깐 멈춰 서서 주위를 둘러보세요. 무엇이 보이나요? 보이는 모든 것에 대해 써보세요. 지구에서 5년쯤 살고나면, 우리는 더 이상 보이는 것을 보지 않게 된답니다. 이런 글에는 규칙 같은 건 없어요. 생각의 조각들을 나열하면 그만입니다. 밖에서 들리는 소리(누군가 가구를 옮기고 있네요)와 내면에서 들리는 소리(레모네이드를 마시고 싶어요)를 넘나드는 것입니다. 보이는 것, 들리는 것, 냄새와 맛과 느낌에 집중해보세요. 당신의 삶을 중계하는 리포터가 되어보세요. 코 앞에 있는 것과 발가락의 느낌에 관심을 가져보세요. 이런 작업을 통해 당신은 신선하고 새롭고 단순하고 눈부신 영감을 얻고, 모든 것을 재발견하게 될 거예요. 당신이 있는 자리에서 한 바퀴를 돌며 모든 것을 기록해보세요.

커피는 식었다. 너는 일흔네 번 정도 커피잔을 빙글빙글 돌린다. 커피가 그리는 파동이 잔잔해지자, 눈을 들어 창밖을 바라본다. 청량리, 동인천, 의정부, 서울역으로 가는 기차가 모두 만나는 역의 대합실. 많은 것들이 움직이고 있다. 굵은 철제 구조물에 매달린 일곱가지 색깔의 조형물이나 줄지어 늘어선 일흔여덟 개의 의자는 그 자리에서 움직이는 것들을 기다린다. 너의 시선은 어떤 사람의 모자, 장갑, 재킷으로 옮겨간다. 다시 그다음 사람의 안경, 티셔츠, 바지로. 그렇게 마흔세 사람이 부천이나 춘천으로 가는 열차를 타러 걸어가거나 뛰어가는 모습을 지켜보았다. 아니, 마흔세 명까지 숫자를 세다가 헷갈렸다. 어디에선가 열차가 도착하니 한꺼번에 많은 사람이 쏟아져 나왔기 때문이다. 너는 다시 서른한 번 정도 커피잔을 매만지고, 네 옆의 의자에 함께 앉아 한 시간 삼십사 분 동안 너만을 바라보는 기우뚱한 가방을 툭툭 털어낸다. 의자에서 두 번이나 세 번 정도 일어났지만, 자리를 조금 옮길 뿐이다. 커피를 더 마실지 이제 그만 일어나야 할지 서른두 번째 망설이고 있다. 너는 나를 기다리고 있지만 그곳에 내가 오지 않으리라는 것을, 두 시간 삼십이 분 전부터 알고 있다.

냄새의 근원을
추적해보세요

당신이 지금 있는 곳에서 풍기는 냄새의 근원을 찾아보세요.
뒤섞여 있는 냄새들이 어디에서 시작되었는지, 모든 감각을
동원하여 추리해보세요.

모닥불 연기

시나몬 토스트

팝콘과 버터

특정한 냄새를 찾기 위해 떠나보세요

다음 리스트에서 냄새 하나를 고른 후 그것을 찾으러 떠나보세요. 방향은 마음대로 정해도 괜찮아요. 리스트에 없는 냄새여도 좋아요. 그 냄새를 찾기 위해 떠난 여정에 대해 써보세요.

- 길모퉁이에서 흘러나오는 초콜릿 냄새
- 장미의 향기
- 땀에 쩐 양말(주말 내내 가방 안에 있었음)
- 코코넛 향의 자외선 차단제
- 프라이드치킨
- 잘 익은 사과
- 메이플시럽과 팬케이크

- 흠뻑 젖은 개 또는 고양이
- 소나무
- 물고기
- 팝콘과 버터
- 갓 깎은 잔디
- 시나몬 토스트
- 뜨겁게 달궈진 도로 위로 내리는 비
- 라벤더
- 모닥불 연기

- _____

- _____

- _____

- _____

사물을
의인화해보세요

의인화는 사람이 아닌 것, 즉 사물, 색깔, 생각, 느낌, 동물 등에 사람의 특성과 자질을 지니게 하고, 옷을 입히고, 부모와 친구를 만들어주고, 습관과 가치관까지 부여하는 것입니다. 모든 것을 의인화할 수 있고 무엇이든 할 수 있지요. 그들은 노래하고, 달리고, 웃고, 수영하고, 얼굴을 붉히고, 게임을 즐기고, 복숭아도 먹을 수 있어요. 빨간색 같은 특정한 색깔로 만들 수도 있고, 누군가와 사랑에 빠지게 할 수도 있습니다. 바다, 비, 지난밤의 폭풍우도 의인화할 수 있어요. 의인화는 사물에 대한 관대한 태도에서 나옵니다. 상상력을 동원하여 당신을 둘러싸고 있는 사물들과 함께 호흡해보세요. 당신의 인생을 사람이 아닌 것들과 함께 누려보세요. 색깔들을 위한 파티를 열어보

고, 비에게 낚시를 시켜보세요.

항상 당신 곁에 있는 사물을 하나 골라, 그것에 사람의 특성과 자질을 부여하여 글을 써보세요.

우리의 아름다운 남극 하늘에 처음으로 구멍이 뻥! 하고 뚫린 그 날을 나는 기억한다. 그때 나는 한낱 보잘것없는 알이었고, 우리는 깊은 바닷속에서 조용히 알에서 깨어나 유충이 되기를 기다리고 있었다. 내 주위의 몇몇 동료들이 조심스럽게 알에서 빠져나오는 소리가 들렸고, 잠시 후에 나도 알에서 깨어났다. 알에서 깨어나 처음으로 본 세상은 깊고 어두운 바다 아래의 세상, 그러나 그 속 에는 생명의 어지러운 물결이 넘쳐나고 있었다.

우리는 떼를 지어 수면으로 올라갔다. 그곳에는 식물성 플랑크톤 이 있다고 누군가 말해주었고, 유충이 된 우리는 그걸 먹어야 했기 때문이다. 나의 이야기는 여기서부터 시작된다.

(황경신, 「지구를 구하려던 어느 작은 크릴새우의 이야기」 중에서)

작가가 된다는 건 미친 과학자가 되는 것과 같습니다.

외로운 방에 홀로 앉아,

혼자만의 여정에서 발견한 과거의 유물들을

이리저리 끼워 맞춰,

새로운 것을 만들어야 하기 때문이죠.

오랜 시간을 들여 세상을 엿듣고,

그것을 받아쓰는 것이 작가의 일입니다.

그러거나 말거나 아무도 신경 쓰지 않지만요.

— 레모니 스니켓(소설가)

저 멀리서 들려오는 모든 소리들과
세계의 속삭임 안에서 소용돌이치는 소리들을
당신은 듣게 될 거예요.

사물의
속삭임을 들어보세요

존재하는 모든 것은 다른 존재를 향해 자신만의 소리를 내고 있습니다. 하지만 우리는 나무나 자갈이나 산봉우리나 구름이나 거미처럼 고요한 존재들이 내는 소리를 들을 수 있을 만큼 고요하지 못하지요. 그들의 소리를 들으려면 온몸의 신경을 곤두세워야 합니다.

숲속이나 바닷가에서는 약간 쉬울 수도 있어요. 가까운 곳에 숲이나 바다가 없다면 공원을 산책해보세요. 또는 창문을 활짝 열고 집 안을 둘러보세요. 책상, 전등, 의자, 창턱, 접시, 포크, 칼, 숟가락까지 누군가와 나누고 싶은 은밀한 이야기를 지니고 있답니다.

언덕의 정상에 올라가거나 테이블 위에 올라가보세요. 부드러운 풀밭 위에 앉거나 오래된 소파 안에 몸을 묻어보세요. 침대 아래에 들어가거나 열린 창문 곁에 서보세요.

그리고 기다리세요.

마음을 졸이지 말고 편안하고 고요하게 응답을 기다리세요. 저 멀리서 들려오는 모든 소리들과 세계의 속삭임 안에서 소용돌이치는 소리들을 당신은 듣게 될 거예요.

내일도 오늘과 같은 자리에서 귀를 기울인다면, 그들은 오늘과는 또 다른 이야기를 들려줄 것입니다.

문장의
뒤를 이어서 써보세요

다음 문장 중에서 하나를 골라, 내용을 이어서 글을 써보세요.

- 오늘, 구름은 말했다.
- 지난밤, 거미는 시인했다.
- 거리의 잡초들이 묻는다.
- 한 마리의 새가 지붕 위로 날아가며 소원을 말한다.
- 나뭇잎이 땅으로 떨어지며 비밀을 폭로한다.
- 손잡이들이 저마다 이렇게 묻고 있다.
- 숟가락은 정말로 알고 싶어 한다.
- 화로가 애원한다.
- 별 하나가 나를 비추며 메시지를 전한다.

• your turn •

말하지 않고
보여주세요

당신이 좋아하는 색깔 하나를 고른 다음 그 색깔을 언급하지
않고 설명하는 글을 써보세요. 색깔의 이름은 절대 얘기하면
안 됩니다. 제목에서도요. 주위에 있는 사물 중에서 그 색깔과
연결되는 것을 골라보세요. 색깔의 맛과 향을 연상시키는 것
을 떠올려보고, 옷장 안이나 자연 속에서 그 색깔을 찾아보세
요. 그 색깔은 어디에서 빛나는지, 무엇이 그것을 빛나게 하는
지… 모양과 소리를 묘사하고, 직접적인 힌트와 간접적인 힌
트를 제공하세요. 너무 많이 고민하지 마세요. 고민은 언제나
글 쓰는 기쁨을 망쳐버리니까요. 당신의 글은 충분히 재미있
고 솔직하다는 것을 믿으세요.
글이 마무리되면 친구들에게 보여주고, 어떤 색깔에 대한 이

야기인지 맞혀보라고 하세요. 글의 어떤 부분이 그 색깔을 맞히는 데 도움이 되었는지 물어보세요. 그리고 그 부분을 제목으로 사용해보세요.

나는 말을 하기 시작했을
때부터 부모님의 싸움을 자주
목격했고, 종종 소리 없이
흐느껴 울던 어린 부모님의
눈물을 훔쳐보았으며, 당시
부모님 사이에서 서로를 할퀴며
오간 말들을 지금도 가끔
떠올리곤 한다.

깊은 상처에 대해
써보세요

당신의 마음을 크게 흔들어놓았던, 당신을 당혹하게 만들었던 일을 떠올려보세요. 예들 들어 어쩌다 물을 쏟아 옷을 적셔버렸는데, 사람들이 손가락질을 하며 오줌을 싼 거 아니냐고 놀려대던 기억 같은 것요. 더 심각한 문제도 있지요. 가장 친한 친구가 절교를 선언했던 일처럼. 또는 감당하기 힘든 기억도 있겠지요. 당신이 잠든 머리맡에서 부모님이 이혼에 대해 이야기하던 밤처럼. 깊은 상처를 받은 경험, 무신경한 폭언, 애완동물의 죽음, 부모님의 이혼 등을 소재로 글을 쓸 때는 사소한 정황들을 묘사해보세요. 그런 묘사들이 핵심이 되는 이야기를 단단히 받쳐줄 것입니다. 먼저 다음 글을 읽어보세요.

엄마는 나를 스무 살에 가졌다. 나를 가진 게 엄마 인생을 180도 바꿔 놓았다. 엄마는 막 중학교 2학년이 되어 짝사랑에 빠진 나를 앉혀 놓고 아무렇지 않은 얼굴로 "피임이 중요해, 나처럼 살지 않으려면" 하고 말했다. 나를 가진 건 후회하지 않아도 아빠를 만난 걸 자주 후회하던 엄마였다. 스물한 살에 나를 낳은 엄마는, 두 살배기 나를 안고 군인이 된 아빠 면회도 다녔다. 뽀얀 얼굴에 앳된 엄마는 나를 안고 다닐 때면 언니로 오해를 받았다. 스물네 살이 된 아빠는 제대하자마자 가장의 역할을 짊어지고 생계에 뛰어들었다. 아빠의 수입에만 기댈 수 없던 엄마는 신발 밑창 붙이기부터 마늘 까기, 식당 보조 등 가리는 일 없이 돈을 벌었다. 나는 말을 하기 시작했을 때부터 부모님의 싸움을 자주 목격했고, 종종 소리 없이 흐느껴 울던 어린 부모님의 눈물을 훔쳐보았으며, 당시 부모님 사이에서 서로를 할퀴며 오간 말들을 지금도 가끔 떠올리곤 한다. 그렇게 젊은 부모님의 한숨과 눈물과 막막함을 먹고 자란 나는, 어쩌다 어린 시절을 떠올릴 때면 어린 아빠와 엄마의 모습을 더 자주 상상하게 된다. 그때의 아빠와 엄마보다 나이 든 내가 그들의 손을 잡고 토닥토닥 두드려주고 싶은 때도 있다.[8]

완성된 글을
편집해보세요

글 속에 불필요한 문장이나 단어가 있을 때, 또는 글이 너무 길 때는 '편집'을 해야 합니다. 어떤 부분을 덜어내야 할지 모르겠다면, 당신이 쓴 글을 큰 소리로 읽어보세요. 전체를 뜯어 고쳐야 하는 경우도 있습니다. 단어를 바꾸고, 문장의 순서를 옮기고, 더하고 빼면서요. 만약 당신의 마음에 쏙 드는 단어나 표현, 문장이 그 글에 어울리지 않는다면, 다른 곳에 저장해두세요. 다음에 쓸 글에 집어넣을 수 있으니까요. 편집은 냉정하게 하세요. 하나의 부적절한 단어가 전체의 흐름을 방해할 수 있습니다.

특히 글의 서두는 말을 시작하기 전에 목청을 가다듬는 것처럼, 무의미한 이야기일 수 있습니다. 시작을 하기 위해 말문을

떼는 것이지요. 영원히 시작만 하고 싶지 않다면, 과감하게 덜어내야 합니다. 글의 마지막도 그렇습니다. 독자들을 위해 지금까지의 이야기를 요약할 필요는 없습니다. 너무 많은 것을 알려주면, 독자들이 스스로 알아낼 수 있는 게 없어지죠. 마음에 걸리거나 불필요한 부분은 생략하세요. 당신이 특별한 애정을 가지고 쓴 부분이라도 예외는 아닙니다. 당신의 꿈과 희망, 감정을 모든 이들과 공유할 수는 없습니다. 글을 편집하는 일이 즐겁지 않다고요? 그래도 해야 합니다.

지금까지 쓴 글들을 편집하고, 원문과 비교해보세요.

• your turn •